U0029026
Girl?
Senior High Schoo
Student
Skir
=Gun!
1
天啊！
這女高中生
裙子底下有槍♂啊！
作／小鹿
繪／佩喵Peneko

目錄

序章

「無面者」、「白色死神」、「保護者天堂」。

經過二十四年的人生後，我的本名逐漸被世人所淡忘，取而代之的，是這些彷彿殺手才會使用的稱號。

但是，我並非取人性命的存在。

我是個隨扈。

只要接下生意，就會竭盡所能的保護他人。

至今為止，我的任務從沒失敗過，不管目標所處的狀況有多嚴苛——不管他面臨的敵人數目有多麼龐大，我都能順利的保障其人生安全。

達成無數成就的我，在二十四歲時，終於接到了夢寐以求的最終任務。

我仰著頭，看著面前巍峨的「左」家本家。

「左」是全球知名的大企業，在教育、醫療科技和房地產等領域特別有成就，旗下資產無數，總財產已龐大到不可計數。

「只要完成這個任務，一切就結束了。」

畢竟「左」開出來的價碼，足足有一百億。

只要有了這筆錢，就能完成我一直以來的夢想。

因此，無論如何都要拿到這筆報酬。

「不過，報酬越高，就表示風險也越高……」

雖然還不知道任務的詳情。

但據我初步推測，應該和「左」的當家——左獨有關。

左獨是個活生生的傳奇，也是個備受爭議的人。

左家的發展本就快速，而左獨承接祖上留下的財產，不過十年的時間，就得到了常人永遠得不到的地位和金錢。

最後他甚至在一座太平洋的左家小島上頭，建立了屬於自己的城市。

當然，這異常的發展速度，怎麼想都不覺得正常。

他應該用了很多不為人知的手段，甚至可能暗殺了不少人。

很多人感謝左獨，但我想看他眼紅和恨他的人應該也不少。

不過，就算左獨真的是個十惡不赦的大惡人，對我而言也不具意義。

我是個隨扈。

接到任務，保護目標，我的工作僅此而已。

「從這種天價推測，即將到來的，應該是前無古人、後無來者的艱困任務吧。」

必須事前設想任何可能發生的狀況，也必須懷疑任何一個陰暗的角落。

心跳不自覺加快。

雙手緊握，不由得輕笑出聲。

沒想到歷經無數地獄和劫難的我，竟還會有緊張這種情緒。

「上了。」

深吸一口氣後，我踏入了「左」的本家。

「『白色死神』，你的任務並不是保護我。」

只是，當我見到左獨後，他馬上就推翻了我原本的推測。

正值壯年的左獨，下巴蓄著短鬚，穿著合身的筆挺黑色西裝。明明身材並不算非常高大，但當他一開口，從他身上流瀉出的霸氣，便讓他整個人看起來比實際上巨大許多。

「我要你保護的對象，是我的寶貝獨生女。」

「女兒……是嗎？」

原來如此，若我是左獨的仇家，與其對防範嚴密的本人下手，不如襲擊他的家人會更容易得逞。

「保護家人」這種類型的任務，在隨扈界也不算少見。

「我的女兒左櫻，即將滿十六歲。」

「高中生是嗎？」

保護對象十分脆弱，難怪會開出這麼高的價碼。

「任務期程是『兩年』。」

「兩年……直到她畢業？」

「沒錯，不愧是『白色死神』，理解事情的速度就是不同凡響。」

「過獎了。」

我微微低下頭，不著痕跡地表現出討人歡心的模樣。

這可是一條大魚啊，絕對不能讓他逃掉。

我絕對要完成這個委託，拿到一百億。

「請你放心吧，只要我接下任務，就絕對會完美達成。」

仇家眾多、任務時間長、保護對象資訊不足。

這是我隨扈人生中最大的挑戰。

但是，我可是傳說中的隨扈啊。

要是連我都做不到，這個世界就無人能完成了。

「很好！」

左獨一個揮手，大聲說道：

「『白色死神』——海溫啊。」

「在！」

我在左獨面前單膝跪下，就像是即將接受君王之令的騎士。

「『左』之當家，在此以一百億做為代價，與你訂下契約！」

「海溫領命！」

「從此刻起，一共兩年的時光，你必須竭盡全力保護左櫻！」

「我必定每分每秒繃緊精神，從敵人手中守護其萬全！」

「不管多難纏的敵人，你都不能鬆懈！」

「沒有問題！」

「不管他有多麼帥氣，你都不能留情！」

「沒有問題——嗯？」

「不管他的品行有多端正，都要毫不猶豫地踹開他！」

「…………」

感受到了異樣的我，停止了不斷點頭的動作。

但是，狀況依舊不受控制地直轉而下。

「那群高中男生——不，那群根本只能用發情動物來形容的傢伙……」

左獨雙手握拳，用力咬牙說道：

「一想到要是那些生物汙染了我家可愛的寶貝，我就、我就——」

看著不斷憤怒跺腳的左獨，我吞了一口口水，努力壓抑心中的動搖問道：

「左當家，我真正的任務該不會是……」

「這還用問嗎！那當然是保護左櫻——保護她不被任何男人染指啊！」

「…………」

即使跨過無數生死關頭的我，在這個時候也說不出任何話來。

「只要發現有男人心懷不軌靠近左櫻，就盡全力將他給除掉！」

目露凶光的左獨，將手併成手刀，在脖子上一劃說道：

「必要時把對象殺了也無妨，左家這邊會幫你處理屍體。」

「這樣……真的可以嗎？」

「當然可以！」

左獨雙手緊緊抓住我的肩膀，用力的手指深深地陷入我的皮膚中。

「聽好囉！無論使出多麼卑鄙的手法都無所謂，要是我的寶貝女兒交了男友——你就提頭來見！」

「我……」

「回答呢！」

「是！」

我立正站好，舉手敬禮！

「我保證在左櫻畢業前，一定盡全力讓她保持單身。」

於是，拯救無數人的傳說隨扈，在他二十四歲時接到了畢生最大的挑戰。

那就是在這兩年間——

使盡所有手段妨礙、破壞一名十六歲少女的戀愛。

第一章
要是連變裝都不會，當個隨扈是活不下去的

「海溫先生，現在由我向你說明任務細節。」

時間是與左獨簽訂契約後的隔天。

一位面無表情的女僕來到了我的面前。

她的名字叫左歌，是從小服侍在左櫻身旁的專屬女僕，今年十六歲。

一七〇公分左右的高瘦身材，和我一樣髮色的白色短髮，整個人有如完美體現「冰山美人」四個字，但不知為何，我從她身上嗅到了一些同類的氣息。

「海溫先生接下的任務，左家暫且以『ＬＳ任務』代稱。」

以毫無抑揚頓挫的語調，左歌公式性地進行說明。

「主要內容雖為『讓左櫻大小姐遠離戀愛』，但還有多數細項規則，煩請海溫先生留意。」

左歌不斷述說，我邊聽邊在腦中整理。

規則大致可以歸納成幾點：

一、左櫻的人身安全也需要守護。

二、若是左櫻察覺「ＬＳ任務」，則契約馬上失效。

三、若是涉及犯罪，左家將徹底否認一切有關「ＬＳ任務」的事。

「雖然細項事務很多，但總歸來說，其實跟一般隨扈所做的事沒有兩樣。」

那就是「保密」和「守護」。

而從這幾條看來，左櫻對左獨的計畫是不知情的。

「不過呢，這最後一條是怎麼回事？」

我皺著眉，指著莫名其妙的一條。

在合約上，這條不但用紅色顯示，還特別放大。

——你敢讓我女兒哭你就死定了。

在制式的條文中，這條顯得突兀至極，強烈的存在感讓人觸目驚心。

「當家對你認識不深，所以特地訂下這條，以防你傷害大小姐。」

左歌以常人無法發現的細微動作輕嘆一口氣，豎起一根手指說道：

「總之，要是大小姐落一次淚，完成任務的獎勵就扣『一億元』。」

「……」

「這邊有一個微型發報器，請塞在耳朵中。只要大小姐落淚一次，他就會發出扣除任務獎勵的通知。」

「開什麼玩笑！」

我不由得拍桌大喊：

「若她哭一百次，那我豈不是一毛錢都拿不到！」

「就是如此。」

「我不能接受！」

「但是，合約已經簽訂了。」

「喂喂，難道妳要說這是我的錯嗎？」

我繼續「啪啪」拍著桌子抗議道：

「我被驚人的報酬給迷惑，所以沒有仔細確認合約內容，難道妳要說這是我的不對嗎？」

「不，這聽起來就像你的不對啊。」

嘖，不愧是左家的女僕，竟沒被我的氣勢壓過去，認同我的狡辯。

不過，他們似乎是把我看扁了，竟敢這樣欺侮我。

是時候展現我的實力讓他們瞧瞧了。

「左歌小姐……」

我壓低聲音，緊握拳頭說道：

「看來你們似乎是不知道，『白色死神』的能耐究竟有多麼驚人。」

「如果海溫先生要放棄任務的話……」

左歌向我平伸手掌說道：

「請付違約金一百億元。」

——撲通。

我雙膝跪地！

「看清楚了吧！這就是『白色死神』的能耐！」

「……」

「我對自己下跪的姿勢有自信！請看在我的誠意下，讓我繼續這項任務！」

我將頭深深低了下去，直到觸及地板。

看到我這模樣，左歌臉頰微微抽搐說道：

「……當家找這人真的沒問題嗎？」

「當然沒問題！不是我在自誇，我對金錢的忠誠度可是無人能比的！」

「這真的沒什麼好自誇的，而且這反而讓人更加不安了。」

像是很頭痛似的，左歌手摀著額頭說道：

「總之，你剛來這座島，想必有很多不清楚的部分，當家吩咐我必須全力輔佐你。」

「也就是說，妳是我在『ＬＳ任務』中的副手？」

「是的。」

「什麼嘛。」

我迅速站起身來，拍了拍身上的灰塵。

「不過是個地位比我低的傢伙，我根本就不用跪啊。」

「……你見風轉舵的速度還真是快啊。」

「過獎了，不是我自滿，除了給我錢的雇主外，我很常把其他人當作垃圾。」

「這真的沒什麼好自滿的。」

左歌看著我的眼神就像是在看垃圾一樣。

這傢伙越來越掩飾不住她的真心了。

不過之後還是需要她的幫助，現在就別揭穿她吧。

「這座島上最好的高中名為『五色』，而大小姐正就讀該高中的二年異班，我認為海溫先生接下來的選擇有兩個。」

左歌攤開左手掌說道：

「一個是『暗中行事』──從頭到尾不暴露自己的行蹤，暗中妨礙大小姐的戀愛。」

「另一個呢？」

「另一個是『偽裝身分』──化作轉學生進入班中，若是選擇這個方案，那左家會幫你辦好轉學手續，替你製造一個假身分。」

「唔嗯……」

我抱臂沉思。

雖然早已習慣，但我的運氣果然不太好。

這個任務看來比想像中的還要難以解決。

必須消除所有接近左櫻男人的戀心，還必須防止她本人愛上他人。

「而且在行動過程中，不能讓左櫻察覺『ＬＳ任務』，也得盡全力阻止所有會讓她流淚的事物。」

「確實是個艱困的任務，那麼，『暗中行事』和『偽裝身分』，海溫先生打算選哪一個呢？」

「我兩個都不選。」

「咦……？」

「左歌，妳忘了我的稱號嗎？」

我指著自己的臉笑道：

「我除了『白色死神』外，可是還有另外一個外號──『無面者』呢。」

「嗯嗯，『無面者』。」

左歌一邊點頭一邊說道：

「所以，你打算用『可以不顧面子在任何地點下跪』這個技能，對大小姐做什麼呢？」

「……不，『無面者』不是這個意思。」

「啊，抱歉，是我誤會了。」

「沒關係──」

「所以你打算用『不要臉』這個技能對大小姐做什麼？」

「…………」

我決定了。

本來還想留點情面的，但現在看來是不用跟她客氣了。

「我的副手啊，我想確認一事。」

「……什麼事？」

「為了『ＬＳ任務』，不管我下什麼命令，妳都會遵從是嗎？」

「……」

「回答我的問題啊？」

「…………」

看到左歌眉頭深鎖的樣子，我就知道我猜對了。

看來她剛剛那些惡毒的言論是刻意的。

那些虛張聲勢，只是不想讓我察覺這個事實而已。

「極為疼愛女兒的左當家，大概對妳說了『必須無條件遵循我指示』之類的話吧？」

「對這個問題，我不予置評。」

「沒關係，我只是想確認妳是不是無法違抗我而已。」

「……你想對我做什麼？」

像是在戒備我，面無表情的左歌雙手交叉，擋在自己胸前。

「放心啦，妳可是我珍貴的副手呢，我怎麼可能會對妳做什麼過分的事。」

「那就好——」

「請妳把衣服交出來吧。」

「……」

左歌先是被石化般一動也不動，接著她眼角含淚，不斷後退。

「沒聽到我剛剛說的話嗎？」

我朝著眼前的左歌步步進逼。

「把妳的衣服，全數交出來吧。」

隔日，在二年異班。

「大家好，我是新到任的導師，左歌。」

可能是不習慣這樣的打扮吧，穿著套裝和黑絲襪的左歌顯得有些不自在。

為了讓我在「LS任務」中更好行事，我無視左歌的抗議，用左家的力量強行替換掉了原本的老師，讓左歌成了二年異班的新導師。

「喂，那原本不是我們班的左歌嗎？她怎麼變老師了？」

過於異常的景象，讓二年異班的學生開始交頭接耳。

「是她的姊姊之類的嗎？」、「可是名字和長相都一樣耶？」、「話說，我們班的左歌是不是突然因為不明因素退學了？」

聽著底下的竊竊私語，左歌微微仰頭，眼角冒出了些許淚水。

突然從十六歲的女高中生變成女教師，她大概作夢也沒想到自己的人生轉折會如此之大吧。

「請大家安靜。」

不過，真不愧是左家的女僕。

左歌很快地就壓抑住動搖的心情，擺出招牌的面無表情說道：

「不管我跟退學的左歌同學有什麼因緣，這都跟你們沒有任何關係。」

「可是，左歌——」

「叫我左歌老師。」

「……」

「你們只要知道，我是你們未來兩年的導師就好。」

她瞪著大家，低聲說道：

「要是不想被我懷恨在心，在你們的成績上扣分，勸你們最好不要再說我跟左歌同學是同一人。」

「…………」

雖然有些強硬，但這樣做還是挺有用的。

聽到這麼赤裸裸的威脅，班上的異論聲徹底的消失。

「很好，就是這樣。」

確認大家都準備好後，左歌輕輕拍了拍手。

「在上課前，為各位介紹一位轉學生，他將取代退學的左歌同學，成為各位的新同班同學。」

聽到左歌這麼說，在門外的我緩步走了進來。

「大家好，我是奈唯亞·逢·愛莉莎維爾，今年十五歲，請大家稱呼我為奈唯亞就好。」

穿著五色高中制服的我彎腰鞠躬，長長的白髮從身後滑落到了身前。

「左歌老師是我的表姊，奈唯亞因為家庭因素跳過一次級，從今天起轉學到二年異班，還請各位多多指教。」

面對我的招呼，班上的同學鴉雀無聲。

站在我身旁的左歌一臉不安地看著我，我則以眼神向她示意沒事。

過了不知多久後——

「好漂亮啊……」

就像將小石子丟入湖中，以這句話為開端，騷動開始向班上擴散。

「那頭白髮好柔順的感覺……」、「五官好深邃，不愧是外國人。」、「這種外貌，感覺都可以和藝人相較量了。」

大功告成，這也太簡單了。

我努力控制臉部肌肉，不讓奸險的笑容浮現在臉上。

左歌原先提的兩條方案其實都是死路。

在暗中保護必定會導致失敗的結果，乍看之下似乎只能選擇轉學進來當個高中生。

但這依然是行不通的。

以一個男高中生的身分，我要怎麼讓左櫻遠離戀愛？

除非我是左櫻的男朋友，我才能宣示她是我的所有物，進而阻止其他男生靠近她吧？

但若我真這麼做了，我還不馬上被左獨碎屍萬段嗎？

所以，我選擇了第三條路。

「謝謝大家，奈唯亞能進到這麼友善的班級，真的很高興。」

——那就是徹底化作一個「女」高中生。

戴上白色假髮和瞳片以及矽膠胸部，用化妝術改變五官和遮掩額上的彈痕，接著再運用之前從女間諜那學來的魅惑術。

我將手擺在身後，微微彎下腰降低身高。

從低角度以溼潤且楚楚可憐的眼神，露出微笑：

「奈唯亞第一次到這所學校，有很多不懂的地方，還望各位學長姊多照顧。」

彷彿有一股電流在底下的同學間流竄！

這瞬間，不管是男是女，目光全都被我擄獲。

接著——

「沒問題！」、「交給我吧！」、「奈唯亞妹妹萬歲！」

人的本能會下意識地照顧後輩。跳級的設定，為的不過是讓大家更容易對我產生好感。

二年異班的同學們，在他們自己都沒察覺的狀況下舉起手來歡呼！

看著這樣的情景，我用手指搔了搔臉頰，露出羞怯的模樣，但這只是讓歡呼聲變得更大而已。

站在我身旁的左歌，以其他人都聽不到的聲音喃喃自語。

「沒想到還真的行得通……」

「當然行得通。」

我抿起嘴脣，將聲音擰成一條線，以只有左歌聽得見的音量說話。

「要是連化妝成女孩子都不會，當個隨扈可是活不下去的。」

「隨扈的基本技能是女裝？你之前到底是生活在什麼世界？」

「只要花費時間，我能扮演任何人。」

所以，我才被稱之為「無面者」。

擁有多重身分和名字，只要我願意，我可以不讓任何人知道我的真實樣貌。

「從今天開始，我就是妳的表妹，奈唯亞。」

「這樣……真的不會出問題嗎？」

「放心吧，為了完美扮演女孩子，我不是還跟妳借了不少衣服嗎？」

「別提這個了……一想到我就難過。」

雖然嘴上說難過，但左歌依然努力擺著一副撲克臉。

看來她之所以總是面無表情，並不是因為感情或是面部肌肉有什麼問題。

她是刻意為之的。

要不是將冰山美人的模樣變成習慣，累積很多壓力的她想必隨時隨地都會崩潰失控吧。

真是可憐的孩子，不過這都是左家害的，跟我沒有關係。

「逛街買可愛的衣服，可是我為數不多的興趣啊。」

大概是真的打擊很大吧，左歌也不顧自己還在臺上，就這樣沉浸在自己的悲傷中說道：

「那些衣服和裙子可是很貴的，有些還是限量貨……更別提你連內衣都拿走了。」

「聽妳這麼說我都有點不忍心了。」

我拍了拍她的背安慰道：

「這樣好了，我不穿時妳可以穿啊，好嗎？」

「別說得好像這樣問題就解決一樣！誰要穿你穿過的衣服啊！噁心死了！」

「不過話又說回來，我總覺得衣服不太合身，尤其是腰的部分有點鬆。」

「怎、怎麼可能，雖然我最近確實吃了不少甜食，想說一定是因為衣服縮水才覺得緊，對，沒錯，一定是這樣。」

「胸口的部分……坦白說完全不合身。」

害我還得連夜趕工修改衣服。

「誰叫你明明是男的，還把胸部設定得那麼大！」

「有這樣的武器才能誘惑男人啊，要是跟表姊一樣，『ＬＳ任務』不就完蛋了嗎？」

「我也沒這麼慘吧！」

「我一開始沒穿假胸部試穿表姊的衣服時，胸口甚至會覺得有點緊喔。」

「……別說了。」

總覺得左歌的聲音似乎有些哽咽。

「真的……別再說了。」

「總之，妳寶貴的衣服我會好好珍惜的，絕對會讓它們散發出前任主人無法發出的光芒。」

「不可能不可能。」

左歌嗤之以鼻地說道：

「那些可是有如我孩子一般的心血結晶啊，身為男孩子的你，怎麼可能輕易地駕馭他們——」

「左歌退學真是太好了！」

此時，就像是要回應左歌的話，底下的同學開始閒聊起來。

「就是走了左歌，才出現了奈唯亞。」、「明明和左歌老師是表姊妹，但奈唯亞感覺可愛多了。」、「不能這樣比啦，她們年紀有差，左歌老師不管怎麼保守估計，至少也有三十歲了吧？」

「…………」

左歌緊咬著下嘴脣，努力將雙眼睜大到極限，以防自己眼中的淚水流出來。

這種無聲哭泣看起來還真是痛苦。

看來是無法期待這樣的她給予支援了。

於是，我自行走向了目標旁的座位。

「請多指教，左櫻學姊。」

我向左櫻露出了不管是誰看到都會產生好感的完美笑容。

聽到轉學生向她搭話，左櫻露出了驚訝的表情。

我也趁此機會好好打量她。

她是個嬌小的女孩，大大的眼睛中像是蓄滿了湖水，帶著一股神祕的靈氣。

雖然和大家一樣穿著制服，但她戴著白色的海灘帽，肩膀上繫著和胸前緞帶一體成型的紅色披風，座位旁掛著一根彷彿魔杖的東西，長長的頭髮上別著櫻花髮飾。

「左櫻學姊，讓我們做個朋友吧？」

我向其伸出了手。

扮演女高中生為的也是這個。

只要能順利成為她的閨密，那麼要妨礙她的戀愛可說是小菜一碟。

「…………」

看著我伸出去的手，左櫻沉默不語。

過了一會兒後——

——啪。

她一把將我的手拍開。

「不需要。」

在眾人驚訝的目光下，她以絕對零度的聲音冷冷地說道：

「我不需要朋友，請妳不要靠近我。」

扮女裝完全沒有任何意義，在即將站到起點的前一刻，我的計畫以失敗告終。

「嗯……為什麼會這樣呢？」

放學後，我在左歌的房間抱著雙臂沉思。

「照我原本的推想，我和左櫻現在應該已經成了無話不談的好友，並且一起開開心

心地去逛街吃聖代啊。」

「我說啊……」

左歌受不了地說道：

「你為何要來我這邊？不是每個學生都有自己的房間嗎？」

五色高中採全員住宿制，「左」為所有學生建了非常豪華的宿舍。

每個人不但享有附衛浴的四十坪獨立空間，還附上了專人打掃和宿舍供餐等服務。

「我不能回自己房間。」

我搖了搖頭。

順道一提，我現在是奈唯亞的打扮。因為若是被發現有男生出入女老師宿舍會發生大問題，所以在左歌的拚命懇求下，我維持了女裝的打扮。

「不過仔細想想，海溫先生確實不能回自己房間。」

左歌輕嘆一口氣後說道：

「分配給你的是女生宿舍，為了降低真實身分被發現的風險，所以你只好來我這邊，對吧？」

「不，要是這麼簡單就會被女高中生拆穿，那我身為隨扈早就不知道死幾次了。」

「咦？那到底是為什麼——」

「我想節省房間的水電費。」

「……」

「可能是為了訓練學生使用金錢的能力吧，學校竟然要求學生自行負擔水電費。」

我皺了皺眉道：

「為了減少開支，就只好到妳這邊了吧。」

「就算你說得好像無可奈何，但你家的水電費跟我又有什麼關係？」

「身為表姊，適當地援助表妹也是應該的吧？對……這就叫援助家計。」

「你這種說法很奇怪！」

「對了，妳要喝可樂還是柳澄汁？」

「也不要一副理所當然地亂開我的冰箱！」

左歌一把將我手上的飲料搶走！

「話說你不是傳說隨扈嗎？照理說應該完成不少任務，拿到不少報酬才對啊。」

「是啊，到今天剛好666件。」

「這是什麼不祥至極的數字……」

「嗯……若以一般人的觀點來看，我應該算很有錢吧。」

「那你為何好像很貧窮的模樣？」

「我這不叫貧窮，這叫勤儉持家，是一個好女人必備的特質。」

「好女人？還是好像女人的人？」

「總之，我的經濟狀況先放一邊，回過頭來談談左櫻吧。」

我揮著手中不知看過幾次的左櫻照片說道：

「為何她會變成現在這樣？」

經過今天一天的觀察後，我發現她不只拒絕我而已。

她拒絕任何人的靠近，徹底貫徹孤身一人的方針。

這種感覺，就像是她把自己關在堅固的殼中一樣。

「明明外表就是個驚人的美少女，照常理來說，應該會有很多人對她抱持好感，並且伺機接近她才對。」

可是因為她態度和身分的關係，誰都不敢親近她，還帶著貶意給了她一個負面至極的外號——「左家的異端公主」。

「我承認大小姐確實容顏端正，但這和受歡迎不能畫上等號吧？」

「表姊，這麼問好了，若是要用一個詞形容男高中生，妳認為那會是什麼？」

「嗯……『青春』？」

「唉……」

「唉～～～～～～～～所以我才說妳不行啊。」

「……為什麼我非得被你嫌棄成這樣不可。」

我盡我所能的擺出嫌棄至極的模樣，大嘆一口氣說道：

「妳就是這樣才不受男生青睞，就算自稱自己是三十歲的女教師也沒人懷疑，唉～～可憐啊。」

「……忍耐忍耐，這是工作，這是工作、這是工作——」

左歌不斷喃喃重複彷彿咒語般的話語催眠自己。

雖然一樣什麼表情都沒有，但她額頭上浮現的青筋感覺似乎都要爆出血來了。

「聽好囉，就讓我來好好教育不成材的副手。」

我一本正經地說道：

「最能代表男高中生的詞彙，並不是『青春』、『努力』、『友情』之類的，真正屬於他們的代名詞只有一個——」

「——那就是『性慾』。」

「……」

「男高中生就是性慾的聚合物。」

「…………」

「看看窗外，妳以為外面走的那些人是男高中生嗎？錯！他們只不過是性慾凝聚而成的人形物體。」

「不，也沒你說得那麼誇張吧……」

「看看我就知道了，男人都是人渣！」

「天啊！好有說服力喔！」

不知為何，左歌激動地拍起手來！

「男人的發展是這樣的，在青春期時的性慾最為高漲，接著隨著長大成人——」

「逐漸下降？」

「不，逐漸懂得隱藏自己性慾高漲的事實。」

「……」

「這世上只有兩種男人，一種是性慾高漲的男人，一種是假裝自己沒有性慾高漲的男人。」

「也就是說……男人隨時隨地都在發情？」

左歌再度以戒備的眼神看著我，不斷調整坐姿細微後退。

「放心吧，我對妳沒有興趣。」

我搖了搖手說道：

「沒有飢不擇食到這種地步，妳不用擔心。」

畢竟是工作上的夥伴，要是真的出手就完了。

「…………………」

聽到我這麼說，左歌露出了難以言喻的表情，像是安心了下來，但是似乎也混雜了許多自己也不明白的不快。

「回歸原本的話題，因為男高中生是這種生物，所以長得十分漂亮的左櫻，應該會很有人氣才對。」

「所以說你的假設是錯的，也是有男生注重女孩子的內在──」

「光是今天我就收到了十封情書。」

打斷左歌話的我，像是攤開扇子一樣展開手中的情書。

「記得班上有十一位男生吧？也就是說，幾乎所有男同學都傾心於我了。」

「……這個世界到底是怎麼了？」

「而且，男同學在跟我說話時，他們看著我胸部的次數，遠比看著我的臉還多喔——啊，抱歉，這種感覺表姊應該不太懂吧。」

「你是不是在逼我出手揍人？」

左歌握著顫抖的拳頭，拚命忍耐著情緒說道：

「真是悲哀啊，要是他們知道一直看著的胸部是假的，不知會做何感想……」

「表姊，妳太天真了，假的總比沒有好，要不然這世界怎麼會有化妝和整型這回事？」

「總覺得你無意中說出了很可怕的話。」

「總之，只要自稱『奈唯亞』裝裝可愛，適時的跟這些男生撒個嬌，然後再假裝無意的和他們有些肢體接觸，他們就會愛上我了，男高中生這麼膚淺真是太好了呢。」

「為什麼說這種話的人會比我還有人氣，為什麼……」

左歌似乎開始覺得自己很悲哀了，原本普通的坐姿不知不覺的變成了雙手抱膝而坐。

「我也不是自己願意才這麼做的。」

「咦？」

左歌驚訝地抬起頭來說道：

「我一直以為你只是為了興趣才玩弄這些男生，是個男女通吃的二刀流，原來不是嗎？」

「……妳到底把我想得多惡劣啊。」

「抱歉——」

「不過妳說得對，我確實就是這麼惡劣。」

我用手指捲著白色鬢梢，露出奸笑說道：

「只要讓所有男生都傾心於我，那『LS任務』就一定會成功。」

「……」

「要怎麼讓左櫻不談戀愛？很簡單，只要讓所有男人都先愛上我就好了！我也是因為這樣才扮成女孩子的！啊哈哈——啊哈哈哈哈哈哈！」

「天啊，當家請來這種變態，真的好嗎……」

看著狂笑不止的我，左歌一臉不敢恭維。

「不過保險還是越多越好，我不能保證左櫻遇到的所有男人都會愛上我，所以我還是必須想辦法成為她的閨密。」

「簡單的說，就是想要和她變得親密？」

「是的。」

「坦白說，我認為這件事有些困難。」

左歌皺起細細的眉毛，揮了揮手說道：

「大小姐不會親近任何人。」

「就連妳這個從小服侍她的專屬女僕也是嗎？」

「也不能這麼說啦……」

「嗯？」

「總之……大小姐的狀況說來有些複雜，她之所以遠離他人，應該說是不得已的……還是該說是必然的結果呢？」

左歌一副欲言又止的模樣。

「再說得清楚點。」

「可是——」

「要是再不講明白，我就把妳日記中對『左』家的抱怨全數影印，然後再傳給左獨。」

「等一下！你什麼時候看過我的日記了！」

「我沒看過，我沒有看到上面寫著『左獨了不起啊！不過是個過度溺愛女兒的犯罪者而已！』」

「你還說你沒看過！」

其實我是真的沒看過，我只是隨便揣測一下左歌會寫的東西，結果果然不出我所料。

這傢伙表面上雖然擺出專業無比的模樣，但實際上對自己的工作果然滿腹怨言嘛。

「關於大小姐的事，我想與其我說得再多，不如你親自看看是怎麼回事吧。」

左歌雙手一攤，像是放棄跟我爭辯。

她用手機開啟地圖，在上頭標示了一個地點。

「在晚上十一點時，大小姐會到此處。」

「這麼晚到深山中，她是打算做什麼？」

「練習魔法。」

「什麼？」

突然聽到超現實的話語，讓我愣了一下。

「你沒聽錯，為了練習魔法，大小姐每天晚上都會到這個地點。」

左歌以不像是開玩笑的語氣說道：

「左櫻大小姐之所以一直孤身一人，是因為她與其他人都不同。」

「她是個會使用『魔法』的魔法使。」

左家在百年前買下了我現在所在的島嶼，並將此島定名為「雙」。

「雙」之島位於溫帶地區，四季分明，不但氣候宜人，也因為人類歷史尚不長的關係，原本島上的自然景觀大多數都留存了下來。

島的面積約三萬六千平方公里，住在上頭的人口目前約有三百萬，這些人多數是在島上從事醫療、民生、交通、商業、治安等工作的相關人士，種族雖多數是東方民族，但也混雜著不少其他國家的居民，可說是國籍多樣。

「雙」有著屬於自己的法律跟規則，並一直由「左」統治，不受任何國家的干擾，現在雖然表面上稱作是「左獨」的私人島嶼，但實際上就像是「左」所成立的小國家，以其為根基，現任當家左獨就像是「雙」的國王，一手掌握、把持著「雙」的一切。

不過雖是如此，左獨也沒有實行什麼獨裁政策。

他在沒有過多干涉「雙」的前提下，讓居民自由自在的生活，也努力建造各項公共建設和社會福利。

我因為任務關係，走訪過許多國家。

雖然外界對左獨這個人褒貶不一，但我想我必須客觀地說，「雙」之島的生活，看起來就像是天堂一般，而這也確實吸引了不少外來看移民至此。

對了，除了生活外，「雙」之島還有一個地方十分特別。

那就是他們的「教育」。

如此廣大的島嶼，竟有十分之一劃作了教育機構的區域。左獨在這樣巨量的土地上，建造了不少學校，並聘請了許多專業的師資進行人才上的培育。

因為可利用的土地面積廣大，使得這些學校的校舍都十分豪華和嶄新。

而在所有高中裡頭，五色高中更是其中的佼佼者，不但擁有最奢華的建築，也有著最為美麗的校園造景。

它一個年級共有六個班，以中國五音「宮、商、角、徵、羽」以及「異」這個字，做為班級的區隔和稱呼。

「為何要這麼區分呢？」

在一片黑暗中，趴在地上的我問著身旁的左歌。

這裡是人跡罕見的森林深處，也是左櫻會在半夜練習魔法的地點。

從五色高中的宿舍走過來，要花費約莫三十分鐘。

我和左歌躲在樹叢中，偷偷地看著遠處的左櫻。

「之所以要這麼分班的理由有些複雜，解釋起來要費一番功夫，總之你只要知道一件事就好——」

雙手各拿著一小叢樹枝的左歌說道：

「會進到『異』班的人，多多少少都有些異於常人之處。」

「比方說左櫻的『魔法』？」

「是的。」

「比方說用十六歲的女高中生來當導師？」

「是的……」

左歌看起來似乎又快哭了，真是個心性脆弱的傢伙。

「我明白了。總之，二年異班的同學們都各有隱情。」

我點了點頭後下了結論。

「也就是說，我是這個班上唯一的正常人。」

「正常？你剛是說正常兩個字嗎？」

左歌露出震驚無比的表情，我剛有說什麼足以讓妳人設崩壞的事嗎？

「不過，這還是太難以置信了。」

我看著五十公尺外的左櫻，她將一直隨身攜帶的魔杖拿在手中，一臉嚴肅。

「這裡可是現實世界啊，魔法這種技能，怎麼可能存在呢。」

「都有傳說中的隨扈了，那有魔法使會很奇怪嗎？」

「當然奇怪，這兩個本質上是不同的。」

我搖了搖頭說道：

「我之所以能做到變裝、魅惑、洞悉人心這些事，是因為我花了大量時間練習。但魔法不同，不管我怎麼努力，我都放不出魔法。」

不是不為，而是不能。

這兩者之間的鴻溝可謂比海還深。

「左櫻她……真的有魔法嗎？」

「所以我才帶你來這邊，接著就自己親眼見識看看吧——大小姐的魔法。」

隨著左歌語音一落，左櫻的魔法練習開始了。

「熒惑在上。」

隨著左櫻的詠唱，她頭上的櫻花髮飾逐漸發光，散發出了足以驅散黑暗的巨大光芒。

「以七為數，奉南為方，祝融朱雀聽我號令——」

對著眼前的樹，左櫻用法杖用力一指！

「『火炎術』！」

——轟！

一陣天崩地裂的巨響！就連地面都在晃動！無數巨大的黑影飛到了空中！

「我的天啊……」

我仰頭看著天空，忍不住發出了驚嘆之聲。

就像是被炸彈炸到，左櫻面前的樹全數飛了起來！

在這瞬間，數十棵著火的樹幹飄散在漆黑的夜空中，這情景怎麼看怎麼奇幻。

這威力也太巨大了吧？

這根本不是火炎術而是某種用「explosion！」詠唱的爆裂魔法吧？

就在我思考這種無關緊要的事時，飛到空中的樹發出轟然巨響落到了地上，很快地就引燃了其他的樹。

「表姊，不用去處理嗎？再這樣下去就要森林大火囉。」

「沒關係，你繼續看吧。」

在無盡的火光中，左櫻再度揮舞法杖，詠唱了新的咒語。

「辰星在上，以六為數，奉北為方，玄冥玄武聽我號令——『水槍術』！」

水構成的槍突破了堅硬的泥土地，無數的噴泉從地底湧出，接著化作了無數水珠從天而降！

大量的水很快地就澆熄了熊熊的大火，將這些火化作了裊裊的白煙。

「……這麼巨大的騷動，真的沒問題嗎？」

「沒問題的，已經事前調查過了，這附近沒有任何居民。而大小姐練習魔法的時間是固定的，我們也有注意不要讓任何人在這個時段靠近此地。」

「就算如此，但這副慘狀……」

許多樹被連根拔起，倖存的樹留下了燒焦的痕跡，地上的泥土也變得坑坑洞洞。

這樣真的不會被發現嗎？

「這點也不用擔心。」

左歌指向前方揮舞魔杖的左櫻說道：

「大小姐的魔法會解決這一切的。」

「鎮星在上，以五為數，奉中為方，后土麒麟聽我號令──『土鳴術』！」

以左櫻為中心的半徑十米處，地面開始產生了細微的震動。

這股震動越來越大、越來越大──直到地上的小石子都被這股震動給震得跳了起來。

有趣的是，這個彷彿地震的現象是區域性的。

遠離左櫻的地面毫無波動，與左櫻身邊的晃動一對比，平靜得就像是時間暫停一般。

這樣的搖晃持續了約莫五分鐘。

「好了。」

頭上的櫻花髮飾變得黯淡，左櫻呼了一口氣，伸手抹掉額上的汗。

「總算在法力耗盡前解決了。」

地鳴毫無徵兆地停止了。

就像是搖晃裝在杯中的沙，本來凹凸不平的泥土地在經過剛剛的晃動後，變得一片平緩。

「從剛剛的狀況來看……左櫻會用火、水、土屬性的魔法是嗎？」

「這麼說不盡正確，因為『五行』的魔法，大小姐都會使用。」

五行──金、木、水、火、土。

作。

「真像是漫畫的設定呢。」

「像漫畫的不只有魔法這個部分而已……」

「嗯？」

左歌露出一言難盡的表情，就在我想要追問是什麼意思時，前方的左櫻有了新的動作。

「嘿！嘿！嘿！」

不知是不是左櫻刻意為之，有一小撮火焰留在了現場。

繞著這堆火，左櫻單腳翹了起來，開始不斷跳啊跳的。

「推沙郝勘、深錶亙郝拗、曉露佐品、箴地郝瞰。」

口中念著神祕的咒語，左櫻一邊舉著法杖一邊有節奏地單腳跳。

「……這個彷彿土著在祭拜的儀式是怎麼回事？」

「那個……」

可能是代左櫻感到羞恥吧，臉紅到不行的左歌結巴說道：

「那個是……在感謝讓她放出魔法的精靈……」

「喔、喔喔……」

即使是我也只能吐出這種不算感想的感嘆詞。

在黑暗的深山中，一個女高中生口唸詭異的咒語，不斷圍著火堆單腳跳……

這情景與其說恐怖，不如說更接近可悲。

「火之精靈啊！今夜很感謝你們！在此為你們獻上祭品。」

奇怪的舞蹈持續了五分鐘，左櫻舉起了一把造型華麗的小刀。

她將刀子抵在右手食指上，大概是想模仿什麼儀式劃出血來，將血灑在地上吧。

但不知什麼原因，陷入猶豫的她在前一刻突然停止了動作。

一分鐘、五分鐘、十分鐘——

就在我以為她是不是一不小心睡著時，她用刀子輕輕戳了一下——

「嗚……」

左櫻迅速地蹲了下來，渾身顫抖。

「那個反應……該不會是很痛的意思吧？」

她根本就連皮都沒劃破耶。

「……」

面對我的問題，左歌轉過頭去，臉已經紅到黑夜完全遮不住了。

「火之精靈啊，我的心意就是最好的祭品，想必這樣你應該就滿足了吧。」

放棄了！

竟然放棄了！

左櫻若無其事地將刀收了起來，一副剛剛什麼事都沒發生的樣子。

「如果渴望鮮血的話，你在夢中跟我說一聲，我下次帶左歌過來。」

「喂，表姊，她好像想犧牲妳耶。」

「一、一定是你聽錯了，我跟隨大小姐那麼多年，跟她的感情應該滿好的——」

「我這邊有用她掉下來的頭髮紮成的髮人偶，今夜請用這個將就一下。」

左櫻將髮人偶放在地上，還很貼心地幫她穿上了和左歌款式相同的女僕服。

「……表姊，妳是不是做過什麼讓她怨恨的事啊？」

「我沒有啊。」

左歌咬著下嘴唇，以一副要哭的模樣說道：

「妳覺得像我這麼可憐的人，還有餘力能欺負人嗎？」

聽起來真是有說服力。

「總之，不管今晚看到什麼，都請你忘掉。」

即使快流出血淚，左歌還是盡了她的工作職責向我說道：

「大小姐一星期一次的魔法練習，本是個不該被任何人知曉的祕密。」

「我明白了。」

接著的半小時，我和左歌再也沒說話，僅是在一旁默默看著。

左櫻不斷做出奇異的舉動，例如大聲唱著異世界語言的歌、向著什麼都沒有的空處喃喃自語、一邊跳奇怪的舞一邊獻上祈禱。

看完左櫻這些行動後，我想不管誰都能明白左櫻孤身一人的原因了。

「原來如此，因為她是個神經病啊。」

「你以為我會認同你的說法，說『沒錯，大小姐就是有病』嗎？」

左歌握拳大聲說道：

「這種話就算打死我，我也不會說出來的！」

不，妳這跟說了有什麼兩樣？

別假裝無辜地偷說壞話，報復她剛剛的舉動好嗎？

「看看時間……差不多該走了。」

在凌晨一點時，左歌輕輕拉了拉我的袖子。

「要是再不快離開，我就來不及在大小姐之前趕回房間了。」

「表姊，在走之前，我想先問妳一個問題。」

「嗯？」

「這麼多年來，妳知道我是怎麼做到任務成功率100％，即使面對無數生命危機，還是能順利存活至今？」

「我不知道，但這個問題很重要嗎？非得現在問？」

「當然很重要。」

我之所以能走到現在，靠的不過就是一個原則而已。

「那就是『當個自私的人』。」

就算曾訂下約定，也可以為了自己的目的而背叛他人。

「等一下，你該不會想──」

「不好意思了，表姊。」

我故作可愛地吐了吐鮮紅的小舌頭。

「我不打算保密了。」

撥開樹叢，我以左歌來不及反應的速度走了出去。

從身後傳出的異響吸引了左櫻的注意，轉過頭的她，很快地就和我四目相交。

因為過度驚訝，她微張著嘴，就像被石化一般一動也不動。

「左櫻學姊……」

我的嘴唇不斷輕微顫抖，佯裝震驚無比地說道：

「請問妳剛剛……是在做什麼呢？」

與表面的表情相反，我在心中不斷暗笑。

既然我看到了妳的祕密，那妳就再也無法無視我了吧？

接著只要慢慢地讓感情加溫，那麼我遲早能成為妳的好友。

「奈唯亞，妳、妳怎麼會在這邊？」

徹底陷入混亂的左櫻雙手抱著頭，一副搖搖欲墜，快要暈倒的模樣。

「左櫻學姊……我會來到這邊也是個意外。」

我假裝無辜的說道：

「我看到左歌老師半夜不知要走去哪兒，就偷偷在後面跟著，結果……結果就到這邊了。」

「————————！」

我彷彿聽到身後的左歌發出了無聲的哀號，不過現在就別管這個了吧。

「怎麼、怎麼會這樣……竟然被看到了。」

左櫻看著我，雙眼呈現螺旋狀。

她腳步不斷游移，就像是想轉身逃跑，但事已至此，她再也無法從我面前徹底離開。

我的計畫並沒有任何問題，一如我所料。

但是，我的運氣還是一如既往的不佳。

因為過度羞恥和震驚，站在我面前的左櫻身子微微顫抖。

「嗚……」

她大大的雙眼中，緩緩浮出了淚水。

「嗚嗚嗚嗚嗚……」

不管是什麼應變都來不及，我只能眼睜睜地看著淚水從她眼中滑落。

——任務獎勵扣除一億元。

耳中的發報器，響起了這樣的系統音。

為了打開左櫻一直龜縮的殼，我付出了一億元做為代價。

「這也太貴了吧……」

終於站上起點的我，不由得深深地嘆了一口氣。

第二章 要是連看動畫都不會，當個隨扈是活不下去的

剩餘報酬：99億

「——聽說『白色死神』有著感情上的缺陷。」

在過去時，我曾化裝成敵人的模樣潛入敵營，結果突然聽到了這樣的評論。

「要是不置身於危險的環境，『白色死神』就無法感受到自己活著。」

那時的我已完成了三百多件任務，在傭兵、殺手和隨扈的圈子中名氣非常響亮。

「原來如此，這樣就說得通了。」

一個滿臉鬍子的大叔連連點頭說道：

「這麼小的年紀就置身於充滿鮮血的戰場，要不是有什麼非常人的理由，是不可能做得到的。」

「是這樣嗎？」

跟他同桌的夥伴們皺著眉說道：

「我怎麼聽說他是個喜歡看人血從脖子噴出的心理變態，所以不管面對多少敵人都不害怕，反而會露出笑容。」

「不是不是，他是個沉迷於自身力量的戰鬥狂啦。」

另一個人拚命搖手說道：

「我曾有幸看到『白色死神』一面，你們知道他那時在做什麼嗎？他在吃地上的石頭啊！連胃的鍛鍊都沒放過，真是可怕的執著。」

一時之間，議論紛紛。

各項有關「白色死神」的傳聞漫天飛舞，數量多到連我自己本人都訝異。

「大家都別再說了。」

此時，一開始的大叔，突然一臉嚴肅地喝止了大家。

「聽完大家說的話後，我想我終於發現了驚人的真相。」

——咕嘟。

緊張的大叔，吞了一大口口水說道：

「大概……大家說的全都是真相。」

「什麼意思？」

「將這些全部綜合起來，就構成了真正的『白色死神』！」

額上冒出了大量的冷汗，大叔顫抖地說道：

「他是殺人魔、戰鬥狂——同時也是個精神異常者。」

「……………」

聽到大叔這麼說，現場一片死寂。

就在我以為會有人反駁他時——

「原來如此！」

——砰！

就像是恍然大悟，大家同時拍桌站了起來！

「難怪不管怎麼刺他都不會死！」、「難怪他有那麼多奇怪的技能！」「難怪他的表現根本不像是人類！」

他們說的別說是真相了，甚至可以說是和真相完全相反的事實。

在一旁聽著這些話的我，抱著頭露出無奈的苦笑。

事情怎麼會變這樣……

我只是個普通人。

就算再難以置信，我還是要再說一次，我只是個再平凡不過的人。

父親是公務員，母親是家庭主婦。

我並沒有什麼悲慘的過去，也沒有什麼精神或是身體上的缺陷。

我之所以變成現在這樣，只是單純的運氣很差而已。

從五歲開始，我就在各種不可抗力下被捲入各種意外中，與父母分別。

接著等在我面前的，是誰都無法想像的人生。

要是不變強就會死。

要是不殺人就會死。

要是不跨過極限就會死。

我甚至額頭中彈過，數度徘徊在生死邊緣。

彷彿是命運要捉弄我一般，不管事前預想得多麼周到，最後事態的發展都會背叛我的預料。

一開始時，我確實會沮喪。

但時間久了後，我開始接納了這樣的人生——不，應該說是不得不接納。

在做任何任務前，我都預先設想自己會遇到意外。

為了應付各種可能的突發狀況，我學會了越來越多技能。

或許是運氣不好的補償吧，雖然每次都很驚險，但我總能跨過難關。

最終，我成了受人敬畏的「白色死神」。

但其實誰知道呢？

我並不以自己為豪。

或許有些人會喜歡這樣的刺激生活，但我想我已聲明過無數次了，我只是個普通人。

就算經歷許多驚異的冒險、就算擁有其他人不會的技藝，我的骨子裡仍渴望平靜的生活。

就跟所有上班族一樣，我的願望很平凡。

拚命完成任務賺錢，只不過是想拿這些錢讓自己過得好一點。

在這點上，左歌或許跟我是一樣的，這也是為什麼我從左歌身上嗅到同類的味道。

但因為不幸體質的關係，單單只是買個房子是不夠的，我必須離群索居。

或許有人說去無人島或深山野林中就好，但都拚死工作了，我才不想要生活得那麼辛苦呢。

在思索許久後，我終於決定了自己的人生目標。

我要買下一個小島，並在上頭建造自動化的電廠、自來水廠等現代設施。

若是做到這種程度，那不管運氣再不好，我都能平靜過活了吧？

為此，我必須讓「LS任務」成功。

只要拿到這個任務的報酬，就能達成我一直以來的夢想，建立屬於我的樂園。

所以，為了自己——就跟一直以來我所做的一樣。

不管用怎樣的卑鄙手段，我都要妨礙左櫻的戀愛。

在戳破左櫻祕密的隔日，她在天才剛亮時就來到了我住的地方。

一輛黑色的長禮車開到了我的宿舍門前，穿著女僕裝的左歌恭敬地拉開車門，讓左櫻從車上走了下來。

雖然早就猜到左櫻可能會來，但實際看到左櫻的裝扮時，我還是不禁愣了一下。

和平常穿的制服不同，左歌穿著一身高貴莊嚴的左家正裝。

上半身是純白的絲綢上衣，下半身則是鮮紅色的長裙，而在衣袖和褲角的部分，則繡著淡淡的幾片粉紅色櫻花花瓣。

這身衣裳，依我判斷應該是漢服中的對襟襦裙。

整體服裝不管是在配色、搭配上都十分雅致，雖然看起來非常正式，但又不會給人過多的壓迫感，可說是兼具氣度和親切，恰到好處。

「我是左家的繼承人，左櫻。」

左櫻輕輕拉起腰間繫的帶子，將綁在上頭的玉佩拉高，現出了上頭的「左」字。

「奈唯亞，我是以這身分來對妳提出正式的請求。」

「請求？」

這倒是有點出乎我的意料之外。

「是的，這身衣服表達我的決心。」

威風凜凜的左櫻伸出手去，左歌馬上從後方遞上了木柄扇。

「希望妳能撥點時間給我。」

「嗯……看來似乎要花上一段時間，就這樣站在外面也不太好。」

我打開身後的門說道：

「左櫻學姊，請到我家來坐坐吧。」

左歌並沒有跟著左櫻進來，這大概是因為左櫻事前的吩咐吧，這也顯示了她有多想跟我獨處。

穿著正裝的左櫻緊握著扇子，身上散發著巨大的氣勢，一副如臨大敵的模樣。

據我猜想，她應該是想要不擇手段地封我的口，必要時，甚至會把左家繼承人這個身分搬出來壓迫我。

看來她是魔法使的事，是一件無論如何都不想讓人知道的事。

那麼，接著該怎麼辦呢？

要怎麼在不撕破臉的狀況下，和她拉近關係呢。

「左櫻學姊，請用。」

我從冰箱中，拿出從左歌冰箱偷來的高級布丁。

從櫥櫃中，拿出從左歌房間偷來的水晶茶具和高檔茶葉。

「謝謝。」

左櫻正坐在地上，拿起銀製的叉子細細品嘗。

不愧是左家的大小姐，坐姿端正優雅，用餐的禮儀也完美無缺，可以想像她從小就受到良好且嚴格的教育。

若不是親眼看見，誰會相信她跟昨晚單腳繞著火堆跳的人是同一人呢。

吃完點心後，她拿出絹製的手帕擦了擦嘴說道：

「味道很好，絲毫不遜色於平常左歌招待我的茶和點心。」

因為那就是從左歌那邊拿來的啊。

「左櫻學姊，今天找我有什麼事呢？」

「當然是跟昨晚有關的事。」

左櫻拿起木柄扇，直接切入正題說道：

「我希望妳能把它當作一場夢，就此忘掉。」

「就算學姊說要當成一場夢……」

我露出為難的表情。

好不容易把握到這個機會，我無論如何都不可能放手。

「那麼，我換個說法好了，妳需要多少？」

「需要多少的意思是……？」

「要多少錢，才能買妳昨晚的夢呢？」

「……」

「請出價吧。」

這人竟然想要用錢收買同班同學啊！

若我真的是普通的女高中生，一定會被她的舉動給嚇得臉色蒼白，雖然我現在確實也是擺出這樣的表情就是了。

就算注意到我的難看表情也沒住手，左櫻舉起兩根手指，繼續說道：

「這樣好了，二百萬怎麼樣？」

「左櫻學姊……」

我擺出再認真不過的表情說道：

「妳這樣子做，是對我的汙辱。」

可能很多人會以為我會接受。

但是這想法大錯特錯。

就算再愛錢，我也是個專業的隨扈，一切以任務為優先。

「那麼，一千萬如何？」

好樣的，竟能在一瞬間汙辱我五次。

我差點就要點頭答應了。

但跟一百億比起來，一千萬只是個零頭而已，絕對不能因小失大。

「不管、不管——妳出多少錢，我都不會點頭的。」

「奈唯亞，妳還好嗎？怎麼突然咬破自己下嘴唇了？」

「別擔心，只是空氣太乾燥而已。」

「可是……傷口感覺很深，血都快滴到地上了。」

「我說沒關係就是沒關係。」

我強硬得舉起手來，終止了這個話題。

「總之，金錢是無法打動我的。」

「那妳想要什麼？」

左櫻闔起扇子，雙眼緊盯著我說道：

「妳說說看，只要是左家能力範圍內，我都能盡力為妳達成。」

從她身上散發的氣勢有增無減，我甚至有了想要後退的念頭。

此時此刻，我總算明白左櫻穿正裝來的原因了。

她將這個視為一場再正式不過的談判。

在我面前的，並非是二年異班的左櫻，而是左家的繼承人——左家的公主殿下。

「既然妳都這麼說了，左櫻學姊，我這邊只提一個要求。」

我深吸一口氣後頂住左櫻給我的壓力，直接奔向我的目的。

「我希望妳能當我的朋友。」

聽到我這麼說，左櫻一瞬間露出了再驚訝不過的表情。

但是她很快地就用扇子遮掩住動搖的神情。

不過短短一剎那間，她就恢復了平靜。

「這是不行的。」

她搖了搖頭道：

「我不會跟任何人成為朋友。」

「即使只要這麼做，我就會將昨晚的事當作一場夢，也是如此嗎？」

「是的。」

左櫻低下頭，長長的瀏海遮住了她的表情。

「除此之外的要求都行，請試著提出別的吧。」

這下傷腦筋了。

我不知道左櫻為何這麼抗拒接近他人。

但這讓我現在能採取的行動變得非常有限。

要是提出要求，那這次交易結束後，我和她之間就再也沒有連結，而這也是左櫻提出談判的目的。

但若是始終不答應呢？這也是行不通的。

左櫻都特地盛裝過來了，我這種強硬抗拒的做法，只會讓左櫻心中的不滿增加，最後依然無法達成我和她感情變得親密的目的。

「若是如此，那我們就沒什麼好談的。」

我的人生中總是在冒險。

只是循序漸進地按計畫進行，那是絕對不可能會成功的。

所以，這邊得賭上一把。

就用事前準備的第三種方法吧。

「我不想被妳用錢收買，也不想被任何方式脅迫和利誘。」

面對我的強硬態度，左櫻深深嘆了一口氣。

「我可以將妳的話，視為拒絕交易嗎？」

「是的。」

「我放學後再來，希望那時妳已經改變主意了。」

左櫻站起身來，示意談話結束。

她將一直刺在我身上的視線移開，就像是對我已經毫無興趣。

放學後，想必她會準備得更萬全，態度也會更強硬吧。

但是——我並沒打算等到那個時候。

「嗚……」

我手摀著胸口，突然失去了平衡。

——砰！

桌子上的水晶茶杯被我傾斜的身體撞了下來，落到地面化作了碎片。

「左櫻學姊……妳做了什麼？」

我「砰」的一聲跪倒在地。

眼前的視野變得模糊，呼吸也變得急促。

「咦？咦？發生什麼事了？」

看著面露痛苦之色的我，左櫻滿頭霧水。

就在此時，另一個異變發生了——

大量的神祕文字從地板出現，現出了光芒。

「魔法陣！怎麼會！」

看著底下的發光文字，左櫻驚訝得連手上的扇子都握不住，掉到了地上。

「左櫻學姊，妳竟然……對我使出了魔法？」

「不，我沒有……」

本來神色自若的左櫻就像變了一個人，她端正的臉驚恐得扭曲。

就像是害怕什麼，她抱著頭不可置信地說道：

「難道、難道我又在不自覺的狀況使用了魔法嗎……」

又？她剛是說「又」嗎？

頭痛欲裂的我，似乎稍微窺見了她之所以不敢和他人交友的理由。

發光的文字越來越多，很快地就構成一個圓，將我們兩個圍了起來。

從中發出的盛大光芒，將我們吞沒、掩埋。

「這到底是什麼魔法？左櫻學姊！」

面對我的厲聲質問，左櫻搖了搖頭，臉色慘白。

「魔法陣構築開始。」

此時，一道機械音突然從天而降。

「辰星、太白、鎮星、熒惑、歲星在上，以六九五七八為數，奉全地為方，五神五帝聽我號令——」

「竟然用魔法扭曲我的心……妳太過分了！」

聽到我的指責，大受打擊的左櫻不斷後退，跌坐在地。

「我、我明明就什麼都沒做——」

面對這樣的她，我毫不猶豫地展開了追擊。

「只是想和妳當朋友啊————！」

眼淚從我眼中流出，滴落在地上。

就像被淚水給引爆，大量的白霧從魔法陣中出現。

「發生什麼事了！大小姐！」

注意到異狀的左歌「砰」的一聲打開門，衝了進來。

但是，一切都已來不及了。

「主從魔法完成——契約成立。」

隨著這道彷彿系統音的聲響，亮光和白霧緩緩消散。

「這、這是……」

出現在左歌面前的情景，是昂然站立的我，以及坐在地上仰頭看著我的左櫻。

「左櫻大人，回答我——」

全身隱隱發出光芒的我居高臨下地問道：

「妳就是我的 Master 嗎？」

「所以說，你到底做了什麼？」

在上課前，左歌以老師的權限將我拉出了班上。

左歌原本跟我的身高差不多，但此時身著套裝的她因為踩著高跟鞋的關係，比我高了約半個頭。

要是從旁人的角度看，我和她現在的狀況，就像是嬌弱的女學生，被強硬的女老師強行拖到了陰暗的角落。

「剛剛你和大小姐在房間獨處時，到底發生什麼事了！」

——咚！

她用力地將手拍在了我臉旁的牆壁上。

「給我一五一十地交代清楚！」

面對左歌氣勢驚人的質問，我低垂脖子——

露出了嬌羞的表情。

「原來這就是被『壁咚』的感覺啊。」

我手摸薄薄的嘴唇，輕輕眨了眨溼潤的雙眼。

「意外的有些害羞呢。」

「……」

左歌一瞬間被我上楚可憐的模樣給迷惑，連生氣都忘了。

但她很快地搖了搖頭，不斷唸著「她不是女人她不是女人」，試圖強行恢復冷靜。

「好過分……竟然說奈唯亞不是女人。」

「別眼角含淚這麼說！噁心死了！」

但我看妳動搖得很厲害啊？

「總、總之，快把你幹了什麼好事解釋清楚。」

「不就是左櫻在無意之中發動魔法嗎？」

「別胡說了！你那根本就是抄襲 fote 的名場景！你以為我不知道嗎？」

啊，被發現了，話說為何妳會知道啊。

「依照我猜測，你一定是用了什麼手法，營造出使用魔法的場景，對吧？」

「沒錯。」

因為被發現了，所以我很乾脆地承認。

「要是連重現動畫情景都不會，那當個隨扈可是活不下去的。」

「你之前到底是生活在什麼世界啊！越來越難懂了。」

「其實要製造那樣的奇幻場景，並沒有妳想像中的困難。」

我開始向左櫻解釋。

事前在房間的地板上塗上特殊塗料，這種塗料平常是看不到的，但在遇到冷空氣時會產生光芒。

「接著，只要釋放乾冰就好。」

地上的塗料魔法陣被乾冰觸動，現出了蹤影，大量的白霧也因而出現。

「那突然出現的系統音呢？」

「只要改變聲線，再使用腹語術就好，例如這樣——」

我緊閉嘴巴，以左歌的聲音說道：

「我愛妳！奈唯亞！就算妳是我表妹，我也不在意！」

「別用我的聲音說這麼奇怪的話！這不是很容易招人誤會嗎！」

不，其實在妳把我拖進陰暗角落時，外頭就已經不少學生在偷看了，大概只要說話大聲一點，外頭就會聽到吧。

但可能是太將心思放在我身上，左歌沒發現此事。

「真是的……」

她像是很頭痛似地說道：

「聽你解釋完後，突然覺得也沒那麼神祕了，只要事前準備足夠，誰都能做到這種把戲。」

「是吧，其實一點都不困難。」

我解釋最後一個機關。

「等到一切就緒後，就將事前喝下的螢光劑，利用排汗的原理將它逼出來，身體就會發光了。」

「……我收回前言，這到底哪裡簡單了？」

在我的伎倆下，左櫻以為她無意識地發動了魔法。

「她誤以為我和她締結了主從契約，成為了類似『使魔』或是『眷屬』的存在。」

我露出絕對不能被左歌以外的人看到的奸笑。

「我還刻意演出了一副被她強制扭曲心靈的模樣，想必她心中應該產生不少罪惡感吧？利用這些罪惡感，我要左櫻之後對我言聽計從。」

「嗚哇……這個人的性格怎麼可以糟糕成這樣。」

「不過就算再糟糕，也還是沒有你們左家過分呢。」

話鋒一轉的我將左歌壓在我臉旁的手輕輕推開，露出微笑說道：

「你們到底在隱瞞什麼？」

「……我不懂你的意思。」

左歌的視線朝旁邊偏了過去。

「從一開始時，你們就沒將全部的情報交出來，比方說左櫻是魔法使的事就沒說。」

「你的任務是妨礙大小姐的戀愛，就算不知道這事也沒關係。」

「怎麼會沒關係？『ＬＳ任務』逼得我必須靠近左櫻，而她的魔法具有危險性，若是我被她的魔法傷害，那該怎麼辦？」

「大小姐的魔法不會傷害人。」

「說謊。」

「……」

「妳在說謊喔。」

不知不覺間，情勢逆轉了。

我對著不斷後退的左歌步步進逼，最後換我將手壓在了她的身體旁。

「左櫻曾這麼說過——」

——「難道、難道我又在不自覺的狀況使用了魔法了嗎……」

「據我推測，她的魔法在過去曾失控過，對吧？」

「……」

「這個魔法造成了某種『悲劇』，而這也造就了她不敢接近他人。」

「…………」

不管我怎麼追問，左歌都閉口不言。

但一看左歌的表情就能明白，我所說的都是對的。

「我就直問了吧——」

在過去的任務中，我也曾有過幾次被委託人背叛的經驗。

「你們左家，究竟是我的敵人還是朋友？」

「…………」

看著我隱隱帶著殺氣的眼神，左歌雖面無表情，但我察覺到幾滴冷汗從她額上流了下來。

可能是怕我放棄「LS任務」吧，她在猶豫許久後，緩緩開了口。

「在十年前……大小姐的魔法曾失控過一次。」

「具體狀況是如何？」

「我無法詳說，只能告知結果，因為這是左家的最高機密。」

像是因為壓力很人而導致胃痛，左歌手按著胃的部位說道：

「十年前發生的『魔法意外』，將大小姐的母親捲入其中，產生了非常嚴重的後果──」

「大小姐的母親就此消失在這世上，就像是存在被她的魔法給抹殺掉。」

我的運氣果然一如既往的不佳。

雖然搞懂了左櫻拒絕他人的原因，但我同時也得知了自己面臨的風險有多大。

要是哪天左櫻的魔法失控，讓我就此喪命也是有可能的，也難怪左獨一開始不跟我明說此事，因為他怕我逃走或是藉機提高價碼。

真是老奸巨猾，果然最終任務不是那麼好達成，一百億也沒有想像中的容易到手。

不過，光是如此是無法阻撓我的。

我得搞清楚左櫻使用魔法的規則，一定要完成「ＬＳ任務」，過上安穩的退休生活！

不過，雖然我是這麼想的──

「奈唯亞。」

就跟過去所有任務一樣，事態開始逐漸脫離我的想像。

「給我出來一趟。」

在中午休息時分，左櫻主動找上了我。

雖然態度和動作不算失禮，但是口氣非常強烈。

這個反常至極的舉動，讓二年異班的同學開始議論紛紛。

「那個左家的異端公主竟然會主動找人說話？」、「她該不會是要施加暴力吧？我好擔心我老婆奈唯亞……」、「聽說左歌老師早上把奈唯亞強壓在牆上，該不會……沒想到我能親眼見證百合的三角關係。」

總覺得這些討論有很多可以吐槽的地方。

「放心吧，我沒要對妳做什麼。」

就像是完全不在意身後的流言蜚語，左櫻繃著臉說道：

「只是想好好招待妳一頓罷了。」

左櫻的話激起了更多的議論。

這是要找我打架的意思嗎？

雖然我覺得應該不可能，但該不會是因為今早的作假魔法已經被識破了？

不過不管原因如何，現在都只能走一步算一步了。

「好啊。」

我點了點頭，跟著左櫻走出了二年異班。

五色高中是「雙」之島上最大的高中。

理所當然的，這裡的校舍也是全島最豪華。由大理石構成的走廊又大又寬，雖然只有六層樓，但每一層樓足足有二十公尺這麼高，天花板高得不像話，給人非常廣闊的感覺。

也因為這樣，五色高中的屋頂是禁止進入的。

理由很簡單，因為實在太高了。

要是有學生一不小心從一百二十公尺的高空摔下，那可不是開玩笑的。

但是，左櫻完全無視這個禁令，將我帶到了屋頂處。

「太白在上，以九為數，奉西為方，蓐收白虎聽我號令——」

她手拿魔杖，對著理應誰都打不開的電子鎖一指！

「『開鎖術』。」

左櫻頭上的髮飾發出了光芒，被這股光輝籠罩，鎖頭發出了「喀答」一聲響後，輕易地被打開。

「奈唯亞，妳剛看到的是『金』屬性的魔法。」

左櫻指著打開的鎖說道：

「理論上，所有金屬物都可以透過『金』屬性的魔法影響。」

「左櫻大人……」

自從締結契約後，我就將「左櫻學姊」改成了「左櫻大人」。

「妳為什麼要跟我解釋妳的魔法？」

「因為妳是我的『眷屬』。」

左櫻面無表情地說道：

「我得慢慢讓妳瞭解我的事才行。」

雖然嘴上說得親切，但左櫻的表情毫無變化，只有嘴脣在蠕動。

從離開班上後，她就一直是這號表情。

我差點要以為這個什麼表情都沒有的人是左歌了。

「請進。」

左櫻拉開門，將一個不可思議的情景呈現在我面前。

只見寬廣的屋頂處，在可以避風的水塔後方，撐起了一支大大的白色紙傘，紙傘下方則是一塊櫻花地墊，而在地墊上頭，則擺著豪華無比的漆木製三層飯盒。

「這是我做的。」

聽到左櫻這麼說，我驚訝無比。

但是，更讓我驚訝的還在後頭。

左櫻牽起了我的手，將我往紙傘下方拉了過去。

「在將妳變為『眷屬』後，我趕忙在今早回去做了這樣的便當。」

此時我才注意到，左櫻的手滿是手汗。

看來，她之所以一直繃著臉，是因為很緊張的關係。

「左櫻大人，妳的意思是……」

「沒錯，就是妳想的那樣。」

左櫻打開飯盒，將一樣又一樣精美細緻的小菜端了出來。

「這是我為奈唯亞妳做的中餐，我們一起吃吧。」

雖然是中午，但現在是冬天，屋頂還是頗有涼意。

但左櫻選的位置可謂是絕妙，不但有紙傘可以遮陽，也可以藉著身旁的水塔擋風。

「真好吃……」

才吃了第一口菜，我就情不自禁地吐出感想。

左櫻的手藝很好，飯盒中裝的料理有中式、西式也有日式，每一道菜的味道都可以堪比專業廚師。

我雖然我也曾為了暗殺敵人而磨練過廚藝，但我沒自信做得比左櫻美味。

整段用餐持續了約三十分鐘，雖然途中有幾度左櫻的嘴唇有顫動，好像想說什麼，但最終她還是一句話都沒說。

整頓飯就在沉默和沉悶中度過了。

「奈唯亞。」

喝著飯後的熱茶，左櫻冷不防地突然開口問道：

「妳真的成了我的『眷屬』嗎？」

「是。」

聽到她這麼說，我趕緊起身，在她面前單膝跪下。

「不管左櫻大人下什麼命令，奈唯亞都願意遵從。」

「嗯……」

左櫻看著低著頭的我，眉頭微皺，察覺此事的我問道：

「左櫻大人的心中，是否還有什麼疑慮？」

「因為……這種魔法我從沒用過，不知道其運作的原理，我甚至不明白妳是不是真的中了魔法。」

「怎麼會……」

這裡不能猶豫，必須拿出決心確立關係！

「沒想到左櫻大人竟然懷疑奈唯亞的忠心。」

兩行淚水，就這樣自然地從我眼中流下。

「那麼，就讓奈唯亞證明自己吧！為了左櫻大人，我什麼事都願意做！」

我朝著屋頂邊緣跑去，速度毫無保留！

蔚藍的天空一口氣逼近了我，就在我即將墜樓的那瞬間——

「等一下！」

神色慌張的左櫻趕緊拉住了我！

「拜託妳別這麼做！奈唯亞！」

「放開我！要是左櫻大人不承認奈唯亞是妳的『眷屬』，那奈唯亞乾脆去死算了！」

「我相信！我真的相信！拜託妳冷靜點！」

「真的？」

「真的真的！」

左櫻點頭如搗蒜。

「那真是太好了。」

我手撫胸口，露出鬆了一口氣的神情。

「要是左櫻大人不承認此事，那奈唯亞就不知道該為什麼而活了。」

聽到我這麼說，左櫻露出有點愧疚的眼神。

想必她是意識到扭曲我心靈的罪惡感了吧。

說不定為我做中餐也是為了贖罪。

我在心中暗暗地露出奸笑。

雖然有點強硬，但這樣就確立關係還真是簡單啊。

接著看我一步步控制妳，在妳身邊破壞妳的戀愛，讓妳這兩年的高中生活徹底的變成孤獨一人。

「既然妳會無條件聽從我的命令……」

左櫻目光不知為何有點游移，雙手食指互點說道：

「那麼，妳可以保證在這屋頂上所發生的事，都不會說出去嗎？」

「當然沒問題。」

「確定？」

「若是左櫻大人需要的話，就讓奈唯亞再度展現決心——」

「我知道了！拜託妳不要一言不合就想跳樓好嗎！」

左櫻一把抱住像是跳水一般躍向天空的我。

「所以，左櫻大人究竟是想說什麼？」

雖然衣服內穿著左歌的內衣，但因為怕被發現是男生，我還是趕緊離開了左櫻的懷抱。

「其實……我一直想找個合適的對象練習。」

「……練習？」

不知為何，我的本能在這一瞬間發出了警報。

該不會她是想進行人體實驗，或是把我當成她的魔法肉靶？

「只是簡單的練習而已。」

搖著手的左櫻，說出了超出我想像中的話。

「我想請妳幫我練習……如何交朋友。」

「咦？」

「我已經拒絕他人十年了。」

左櫻手搔著羞紅的臉，很不好意思地說道：

「極度保守的說，我不太懂怎麼和人相處。」

極度保守是什麼意思？想用形容詞淡化內容的企圖也太明顯了吧？

「可是，左櫻大人上次來我家時，不是看起來就很正常嗎？」

「妳是說這個樣子嗎？」

從地墊上的包包中，左櫻掏出木柄扇，閉上眼睛。

「奈唯亞。」

猛然睜開眼睛的她，身上散發出一股霸氣！

即使是歷經無數地獄的我，也被這股巨大的壓力給逼得呼吸一滯。

「身為左獨的女兒，我必須學習各種才藝，也得常常出現在各種公開場合，這讓我練就了展現『左家公主』的功夫。」

左櫻放下扇子，身上那令人畏懼的氣勢登時消失。

「不過，這就像是某種偽裝，只是展現『該種場合需要的左櫻』而已。」

「嗯……就像是披了一層『左櫻公主的皮』，但裡頭其實空無一物？」

「這比喻聽起來有點可怕，但大體而言就是這樣沒錯。」

不過光是空殼就足以震懾人，其鍛鍊的程度可稱得上是千錘百鍊。

「我只知道用裝模作樣的語氣和人對談，用高高在上的態度應對他人，若是卸下『左櫻公主』這層偽裝，我就不知道該怎麼面對人好。」

左櫻的目光開始不斷游移，顯得十分沒自信，跟剛剛我看到的她簡直判若兩人。

「要不是妳被我施了魔法，成為我的『眷屬』，我甚至連用本來面目和妳對視的勇氣都沒有。」

「不管左櫻大人是什麼樣子，奈唯亞都會接受的。」

「嘿嘿……那真是太好了，不過在我還沒適應前，妳還是不要緊盯著我的眼睛比較好，這樣會讓我覺得自己好像做錯什麼，想要跟妳道歉。」

「………」

這傢伙是不是比我想像的還要沒用啊？

「左櫻大人太謙虛了。」

我說出了和心中相反的違心之論。

「一定是妳太久沒和人接觸，所以才誤以為自己不會與人相處，其實妳真的要做的話，一定隨隨便便都能交到一百個朋友。」

「就、就是說啊！」

聽到我這麼說，左櫻很快的就得意忘形。

「為了交朋友做準備，我還特地買了這本書研究。」

她從地上的包包中拿出一本書。

上頭的標題寫著：「要怎麼和別人交朋友？從下跪開始。」

「……………」

這個……該怎麼說好呢……

我努力在腦中編織不失禮的詞語。

「真是本……足以彰顯個人特色的書呢。」

「謝謝稱讚，我也覺得這本書真是買對了。」

她翻開那本書，將裡頭的內容唸給我聽。

「人之所以交不到朋友，是因為採取的姿態不夠低。今天我敢篤定，只要你對人下跪並付錢，任何人都會成為你的朋友──」

「等一下。」

我忍不住打斷她。

「好奇問一下……妳覺得這本書寫得很好嗎？」

「說得滿好的，因為我照書中的方法實驗，結果住我隔壁的九歲小女孩就答應當我朋友了。」

「……妳對九歲的小女孩下跪和付錢？」

「放心吧，我沒給太多，只給了一百元。」

問題不在這邊吧？

「結果那小女孩怎麼反應，她嚇到了嗎？」

「她說一百不夠，至少要一百五。」

竟然還討價還價！

這小女孩前途不可限量啊！

「靠著這本書，我成功交到人生第一個朋友，真想寫信去感謝這個作者。」

「……人生第一個朋友？」

「應該說是第一個『人類朋友』，因為我第一個朋友其實是家中的布偶。」

即使說著這麼悲慘的話，她的表情還是一臉得意。

我收回左櫻比我想得還沒用這句話。

她根本是個交際白痴，與人相處有極度的障礙。

「說到這邊，我突然想起了，在和妳練習交朋友前，我必須先拿出誠意來。」

在冬日的屋頂上，左櫻緩緩地將雙膝屈下，跪在我面前。

「拜託奈唯亞妳當我的朋友。」

她垂下頭，從口袋中掏出了一張閃亮的一千元紙鈔，用雙手小心翼翼地捧著。

「……………」

我壯烈的人生中，並沒太多次遇到不知所措的情況。

但是現在看著同班的女高中生對我下跪，這個人不僅是我的保護對象，還是左家那尊貴無比的大小姐。

我是真的不知該如何是好。

「左櫻大人……」

我實行了緩兵之計。

「總之，在正式交朋友前，我們還是多練習幾次吧。」

不過，錢是無罪的。

我還是收下了那一千元。

當天放學後，我慣例來到了左歌的房間中。

「左獨設計『LS任務』的目的，是為了讓左櫻遠離戀愛。」

我忍不住和左歌抱怨道：

「但在做這件事前，明顯有更多需要注意的問題吧？」

「比方說有一個男人一直跑到我房間嗎？」

「嗯？是誰？」

我左右看了看，卻沒看到任何人。

「難道這世上存在著連我都感受不到氣息的高手？」

「……你已經連最基本的自覺都沒有了嗎？」

「什麼自覺？」

「算了……沒關係了。」

左歌不知為何露出了彷彿悟道的神情，一臉爽朗地說道：

「既然是工作就得好好完成，雖然上課以外的時間，我必須進行大小姐專屬女僕的工作，幫她梳妝更衣準備行程，還得撥時間進行上課和『ＬＳ任務』的準備，就算好不容易有了一點點休息時間，私人空間還是不斷有男人進出，買來給自己慰勞的高級點心也不斷失蹤，就連喜歡的內衣都穿在面前的人的身上，但這一點問題都沒有，完全沒有問題！」

「是啊，妳能這麼努力工作真是太好了呢。」

「啊哈哈——哈哈哈哈哈哈哈哈哈。」

左歌不知為何露出了愉悅至極的笑容。

本來面無表情的人設徹底崩壞，雖然笑容很燦爛，但不知為何我覺得有點噁心。

「總之，身為左櫻的專屬女僕，想必妳早就知道她完美外皮下的另一面了吧？」

「你是說大小姐是個無可救藥的交際笨蛋，還是說她根本是個白痴呢？」

這人自暴自棄，已經完全不隱瞞真心話了。

「她是什麼時候變成現在這樣的？」

「一開始時，除了出生在左家這個特殊環境，大小姐和一般人並沒有什麼不同，頂多就是東西和才藝學得比較快。」

「嗯。」

「但就在大小姐六歲時，也就是十年前，發生了一件事改變了一切。」

「『魔法意外』，對吧？」

「是的，『魔法意外』發生後，她的母親就此消失，她也開始與他人保持距離。歷經十年完全孤獨的時光，那變成現在這樣可說是一點也不意外。」

「完全孤獨？她不是還有妳這個專屬女僕嗎？」

「我跟大小姐本來感情還不錯，但是她可能怕她的魔法傷害到我吧？意外發生後，我們之間僅剩下事務性的對談，在我面前，她一直披著『左櫻公主』的高傲外皮，而我也只能沉默地進行我的工作。」

「那她的家人呢？」

我繼續問道：

「就算母親失蹤了，但她還有疼愛她的父親吧？」

「左當家嗎？」

左歌皺了皺眉說道：

「自從『魔法意外』發生後，他就捨棄了自己的女兒。」

「咦？」

「除了必要場合外，當家幾乎不和大小姐見面，就連談話也基本沒有。」

「是因為自己深愛的妻子被左櫻弄到消失，所以因此懷恨在心嗎？」

不對，並不是這樣的。

話才剛說完，我就搖頭否定了自己的話。

若是左獨恨著左櫻，就不會產生「ＬＳ任務」。

不管是任務內容還是主旨，看起來就像是個超級溺愛女兒的父親所做的舉動。

我不知道左獨對左櫻是怎麼想的，但肯定不是100%的憎恨。

「左獨當家到底有什麼目的？」

「誰知道呢？左當家的想法我怎麼會知道。」

左歌仰頭向天，眼中隱隱有著淚光閃爍。

「就像我一直不懂，為何我會走到今天這般田地。」

不理會突然沉浸在自己世界的左歌，我開始思索。

所有的事都和十年前的「魔法意外」連結。

或許我該多調查一下左櫻的「魔法」和十年前的事？

「總之，你總算達成心願，和大小姐建立了你想要的連結和關係。」

左歌向我微微低下了頭。

「雖然你是個變態和低劣的人，但你用的假魔法，倒是真的讓大小姐卸下了心防。

就算是為了這點，我也該跟你道謝就是。」

雖然前面的形容詞很讓人不快，但左歌的道謝很誠摯。

她說她和左櫻僅剩工作上的關係。

但仔細想想，當我發動假魔法時，注意到異常的左歌也是一臉著急地闖了進來。

或許，她們之間的感情比我想得好。

「道謝就不用了，我只是做我分內該做的事。」

「咦？」

聽到我這麼說，左歌驚訝地抬起頭來。

「不過妳若是真的要答謝我，我想我也是無法拒絕的。」

「不，我並沒說到那個份上——」

「不不不，不愧是左家的女僕！這種知恩圖報的心態真是太讓人敬佩了！要是我不接受妳的謝禮，不就顯得太失禮了嗎？」

我迅速地從外頭拖進來一個大行李箱，露出笑容說道：

「我明白了，從今天開始，我就住在妳房間中吧。」

「為什麼會變這樣！」

「當然是為了進一步節省水電費啊。」

「我才不要！我連男友都沒交過，為何非得先體驗和男人同居的生活啊，住手啊！別把你的牙刷放進我的漱口杯——！」

我和左歌互相爭奪起牙刷。

但就在此時——

某個異狀突然發生了。

注意到耳朵中某種聲音的我，停止了手上的行動，站立在原地一動也不動。

「奈唯亞？你怎麼了？」

注意到我的異常，手拿著我牙刷的左歌有些不知所措地問道：

「我阻止你放牙刷就讓你打擊這麼大嗎？那、那這樣好了，你可以放在客廳，偶爾過來刷沒關係——」

「表姊，不好了。」

手按著耳朵專心傾聽，我說道：

「左櫻有危險。」

「咦？」

我說過了，我的運氣不好。

就算做了再多事前布置，也總是會有無法掌控的意外發生。

「有敵人正在靠近左櫻。」

我抬起頭來，遙望左櫻所在的遠方說道：

「要是再不趕快過去，她就要被敵人襲擊了。」

第三章 要是連開車都不會，當個隨扈是活不下去的

剩餘報酬：99億

我和左歌以最快速度衝出了房間！

「你說大小姐正要被敵人襲擊是怎麼回事！」

「妳先安靜一點！」

我豎起手掌，阻止心急如焚的左歌繼續問話。

「留給我專心思考的時間！」

我還顧四周！

在那短短的一剎那間，我將所有環境要素輸入腦袋中。

時間：放學後的黃昏。

現在所處地點：老師宿舍前。

五色高中非常廣闊，雖然名為高中，但其實跟一個小城市沒兩樣。

裡頭除了校舍和宿舍外，還有小吃和娛樂場所雲集的商店街，甚至連遊戲中心和大型電影院都有。

因為幅員遼闊，所以各個區域必須靠著道路和空中列車連接，而現在左櫻人就在商

店街中。

「已經快天黑了，離左櫻的直線距離約莫是五公里左右。」

但是，敵人已離左櫻不到五百公尺了。

我還有多少時間？兩分鐘？一分鐘？

裝備不足、武器缺乏、時間不夠，我現在該怎麼辦？

只能束手無策嗎？

不！我可是白色死神啊！

「裝備這種東西，直接生出來就好！」

可能是來老師宿舍補充日用品，一輛送貨的小卡車停在路旁。

我朝著那輛小卡車衝了過去！

「奈唯亞！你想做什麼！」

左歌從後方追來問道！

「我要借用一下這部卡車！」

「可是這部車鎖上啊！我去找這輛車的主人，跟他借一下鑰匙。」

「不用！這樣會來不及的！」

「那應該怎麼做才好——」

——砰！

窗戶的破裂聲，狠狠地打斷了左歌的喊叫！

看著揮拳打破車窗的我！左歌目瞪口呆。

「我不是說過了嗎？」

我伸出赤紅的舌頭，舔了舔拳頭上的血說道：

「我要借車。」

「你這根本不是借車！是偷車！」

——嗡嗡嗡嗡嗡！

「別叫得這麼大聲，妳看車子的警報器都響了。」

「明明就是因為你突然打破車窗的關係，別說得好像是我的錯一樣！」

我從破掉的車窗洞伸手進去，從內部打開車門後，迅速地爬進了車內。

「嘿咻！」

用手刀刺進了車鑰匙孔的部分，我拉出了裡頭的電線。

將警報器的線剪斷……接著再將這個和這個對準解鎖——

「好了！」

警報聲停止，車子也發動了！整個過程不到一秒！

看來我的手藝並沒有因為和平的校園生活生疏。

「好、好熟練。」

左歌有點畏懼地說道：

「與其說是隨扈，不如說更像是個犯罪者。」

「現在沒空管這個了。」

我朝了左歌伸出手。

「快上車吧！再不快些就救不了妳的大小姐了！」

聽到我這麼說，左歌毫不猶豫地拉住了我的手，跳上了我的車。

「我在五色高中內放了許多竊聽器。」

我一邊開車往前疾馳，一邊解釋道：

「這些竊聽器有些黏在樹上，有些則在動物上。」

有些甚至是以蝴蝶機械人的型態存在，但這個底牌還是先留著別說吧。

「這些竊聽器會不斷的將聲音傳給我，讓我能隨時留意校園中的狀況。」

「原來如此，因為這樣，你才能注意到大小姐即將被敵人襲擊。」

坐在副駕駛座的左歌皺著眉問道：

「可是剛好聽到這個也太巧了吧？你該不會也在大小姐身上裝了竊聽器？」

「怎麼可能，要是真的這麼做了，現在最靠近她的我一定會被懷疑的。」

若是她開始對我起疑心，那也很有可能發現之前的「眷屬」魔法其實是造假，這樣就得不償失了。

「我之所以能發現她有危險，單純是因為我以量取勝。」

「以量取勝？」

「我在校內裝的竊聽器，總共有『一百個』。」

「一百……」

聽到我這麼說，左歌驚訝地雙眼圓睜說道：

「怎麼可能？數量這麼龐大的訊息，你是什麼時候聽的？」

「直到現在都還在聽喔。」

我指著自己的耳朵說道：

「我的耳朵內，有這一百個竊聽器的微型收話器。」

「就跟扣除任務獎勵的發報器類似？」

「是的。」

「也就是說，即使是現在，你的耳朵內都同時存在著一百道聲音？」

「就是如此。」

「不可置信……」

左歌震驚地說道：

「你就是不斷聽著這樣的混音，然後注意到大小姐即將被襲擊？」

「是的，就是這樣。」

一百道聲音混雜在一起，就像是永遠不會停止的巨大噪音。

但是，我只能忍受。

不只忍受，我還必須透過分析和思考，將其分離成一百句話。

「要不是做到這種程度，我怎麼可能完成『LS任務』，保護妳的大小姐呢。」

「真不愧是『白色死神』……」

看著我的側臉，左歌喃喃自語說道：

「真不愧是……傳說中的隨扈……」

不自覺吐出真心話的她，趕緊手摀著嘴，像是想遮掩剛剛的失言。

但是能同時聽一百句話的我，怎麼可能沒聽到呢。

「不過，敵人究竟是誰？」

左歌摸著下巴思索道：

「該不會……跟左當家最近說的敵對團體動向有關？」

「敵對團體動向？那是什麼？」

我不禁抱怨道：

「你們左家瞞著我的事還真多啊。」

「我也不是要故意瞞著你的，只是很多事還沒確定，而且——」

「妳連新買的黑色蕾絲內衣，都藏在冰箱深處不跟我說了，還說沒瞞著我！」

「你為什麼知道！你該不會在我家也裝了竊聽器吧！」

不理會眼角帶淚抓著我衣袖的左歌，我專心聆聽在耳朵中的聲音。

這樣下去是來不及的。

保守估計，再四十秒敵人就要接觸到左櫻了。

用正常方法，是絕對趕不及的。

「表姊，咬緊牙關喔。」

「咦？」

——嘰！

伴隨著刺耳的摩擦聲響，我們所搭的卡車大幅度的轉向。

「啊啊啊啊啊啊啊——！」

左歌發出了完全不像是她會發出的淒厲尖叫。

「車！車！啊啊啊啊——！奈唯亞！你開到對向車道了！」

「忍耐點！這樣才來得及！」

雖然距離左櫻只有五公里，但因為我們剛剛是順著道路走，所以無形中繞了路。

為了挑戰極限，現在直接只能走最短的直線距離了。

腎上腺素分泌，讓我眼前的視野陡然縮小。

計速表上顯示著150km/h，對向的車子不斷向我們奔來！要是稍有閃失，那我和左歌就要死在這邊了。

「媽媽！我看到有個穿高中制服的大姊姊在開卡車！」

「別胡說了——咦咦！」

某個駛過我們旁邊的母女似乎說了這樣的對話，但我無暇去留意。

還有多久？還有多久敵人會襲向左櫻？

從他們兩人之間的距離判斷，還剩二十五——不，二十秒！

就在我焦急萬分時，另一個異變從車後傳來。

「前面的失控車輛！停下來！」

兩輛警車從車後追了過來，紅色的警鈴和警報響徹了整個空間。

「嘖！連警察都跑來了！」

我咂了一聲嘴，不耐地說道：

「我又沒做什麼壞事！」

「你不是偷車而且又逆向高速行駛嗎！」

「沒關係，早就料到會有突發狀況，我早有準備。」

我伸手探進裙子，從中掏出一把烏黑的手槍。

「你裙子中一直藏著這麼危險的東西嗎！」

「女高中生裙子裡頭藏著足以殺死男人的凶器，這不是常識嗎？」

「都什麼時候了還說這種低級笑話，更何況你也不是女高中生！」

「偽娘的裙子中藏著槍，這不是很正常嗎？」

「你那黃色笑話可不可以停止了！」

「天啊！這女高中生裙子底下有槍啊！」

「你這句話從各方面來說都是出局啊啊啊啊啊！」

不理會激動吐槽的左歌，我放開了方向盤，在座位上站起身來。

「表姊，方向盤交給妳囉！」

「咦！咦————！我才十六歲！我沒開過車啊！」

「總之油門踩到底就對了。」

「開車是這麼單純的事嗎！」

還有十五秒！我不能在這邊停止腳步！

我將車子交給左歌，脫下腳上的黑色長襪，套在頭上。

「別忘了『ＬＳ任務』的條約內容！」

即使手忙腳亂，但左歌還是盡了副手的義務。

「你不能犯罪！」

——**若是涉及犯罪，左家將徹底否認一切有關「ＬＳ任務」的事。**

「表姊，妳誤會了，這條才不是不能犯罪的意思呢。」

「咦？」

「左當家曾這麼說過——」

——**「必要時把對象殺了也無妨，左家這邊會幫你處理屍體。」**

「也就是說，犯罪是沒問題的。」

我將頭探出了窗外，同時舉起槍對準了身後的警車。

「只要不被發現——不牽涉到你們左家，造成你們困擾就好了！」

——砰！

四道火花從我槍口發出，兩顆子彈精準的貫穿玻璃，打在了開車的警察頭上。

接著，另兩顆子彈打在了車子的引擎處。

就如我所計算的一樣，警車發出爆炸聲，旋轉幾圈後停了下來。

「很好。」

「好什麼！」

明顯陷入混亂的左歌抱著頭說道：

「啊……啊啊……我、我竟然十六歲就協助殺人……」

「放心吧，那不是實彈。」

「咦？」

「只是麻醉彈而已，我有小心控制，沒有讓任何人傷亡。」

就連車子爆炸後旋轉的角度都有考慮進去，那兩位警察醒來後，應該會奇蹟似的無傷吧。

「原、原來如此！……」

鬆了一口氣的左歌，脫力地攤軟在方向盤上。

「我還以為我要成為犯罪者了。」

不……其實妳已經是了。

太大量的異常狀況，剝奪了左歌的思考能力，讓左歌忽略了一件事。

我用黑襪遮住了臉，但她沒有。

而現在開車的人是她。

不過，還是不要跟她說這事好了。

「還有十秒，來不及了！」

敵人離左櫻已近在咫尺。

「那怎麼辦！」

「往右邊開！」

「右邊沒有路啊！」

「不是有一棵大聖誕樹嗎？」

在我們的道路旁，有一棵裝飾得很漂亮，約莫十公尺高的聖誕樹。

「你、你的意思該不會是——」

「撞上去！」

「開什麼玩笑！」

「撞上去就對了！」

「為什麼！」

「我們必須製造一場大意外，吸引敵人的注意！」

五秒、四秒、三秒——

「妳難道不想保護妳的大小姐嗎？」

「…………」

「相信我！我不會讓妳受傷的！」

「啊啊啊啊我不管了啊啊啊啊啊啊啊啊啊！」

左歌閉上眼，將油門踩到了底！

撞破道路護欄的卡車騰空飛起，飛向了聖誕樹。

閃閃發光的聖誕樹迅速地逼近我們眼前。就在車頭即將撞上的瞬間——

我抱著左歌躍出了車窗！

——砰！

卡車撞到聖誕樹後爆炸，盛大的火焰竄到了空中。

巨大的聖誕樹受到這個撞擊後轟然倒下，在一旁的圍觀學生開始四散，發出驚叫！

這個意外發生得極其突然，有些人來不及逃走，眼看就要被聖誕樹壓在底下——

「看我的！」

我按了一下手臂內的開關，一條銀色的絲線從我衣袖內飛出。

這是我用特殊材料製造而成的鋼絲，堅固無比，就連刀子都斬不斷。

就像揮舞彩帶，我操控這些銀絲，讓其團團捆住了倒塌的聖誕樹。

接著我縱身一躍，抱著左歌跳到了一旁的大樹上，將手上的銀絲綁在樹幹上剪斷。

兩棵樹藉著銀絲綁在了一起，被我所在的樹拉住。聖誕樹總算在壓到人前，停止了倒下的勢頭。

「沒事吧？表姊！」

確認路人都安全後，我低頭問著懷中的左歌。

「勉、勉強沒事吧……」

頭暈目眩的左歌渾身癱軟，就像是因為過度驚懼而喪失力氣的樣子。

「大小姐呢？」

「放心吧，她安然無事。」

「敵、敵人呢？」

「敵人被這個突如其來的意外轉移了注意力，已經停止了接近左櫻的舉動。」

「也就是說——」

「沒錯。」

我對著左歌點了點頭說道：

「已經沒事了，我們成功了。」

「太好了……」

心滿意足的左歌緩緩閉上了雙眼說道：

「像我這樣的人也能保護大小姐，報答她一直以來的恩情，真是太好了……」

「是啊，多虧了妳——」

「告白的氣氛完全沒了。」

「…………………………………………………………嗯？」

「閃閃發光的聖誕樹，很浪漫也很有告白的氣氛，對吧。」

看著已經一片狼藉的聖誕樹，我露出奸笑說道：

「敵人本來想要趁左櫻走到這邊時跟她告白的，能在最後一刻前妨礙他真是太好了。」

「等一下，所以你說的『敵人』是——？」

「嗯？當然是左櫻的同班同學啊。」

「那你一直說的『襲擊』是——？」

「就是他打算進行的告白行為。」

「…………………………」

左歌低著頭一言不發，因為瀏海遮住了她的臉龐，我看不清她的表情。

過了不知多久後，她以沙啞無比的聲音說道：

「所以，為了阻止同班同學對大小姐的告白，我們一同偷了人家的卡車、逆向高速危險駕駛、打傷警察和爆破警車，最後還製造了一場大意外推倒聖誕樹，並且差點讓這棵樹大量殺人？」

「沒錯。」

「…………………………」

「雖然幹了不少危險的事，但結果好就好。」

我對左歌豎起了手掌，示意她來擊掌。

「我們完美達成了『ＬＳ任務』，幹得好啊，副手。」

「…………………………」

又是一次漫長的沉默。

「是啊……我真是幹得太好了……」

左歌一邊面無表情地笑，一邊流下了兩行淚水。

「我怎麼幹得這麼好……哈哈、哈哈哈哈……」

——啪。

左歌有氣無力地拍了一下我的手掌，完成了擊掌。

在阻止左櫻被告白的隔日，我和她進行著慣例的中午屋頂聚餐。

「昨天傍晚六點，五色高中內發生了一場嚴重的車禍，一輛卡車突然撞倒了『聖誕祭』上所要用的聖誕樹，所幸無人傷亡。」

小電視中的新聞，不斷反覆播放著昨天的事件。

「奇異的是，卡車內空無一人，據目擊者所言，在車禍前，他們看到戴著頭罩絲襪的女高中生和女僕在駕駛車輛，但這證言實在太過匪夷所思，記者還需進一步查證。」

「真是古怪的事件。」

左櫻關掉了小電視，一臉疑惑。

每進行一次聚會，屋頂處就會多一個家具。

上次是小沙發，這次則是小電視，總覺得左櫻正逐步地把屋頂上變得越來越有生活感。

「虧我很喜歡那棵聖誕樹的，怎麼會被人撞倒了呢。」

「是啊，怎麼會有人做出如此讓人髮指的行為呢！」

「所幸沒人傷亡，不知道開車的人是誰呢。」

「奈唯亞不知道是誰。」

我一臉憤慨地說道：

「但是讓左櫻大人難過，犯人簡直罪該萬死！根本就是人渣！社會的敗類！死後下地獄，永世不得超生！」

「不，也不用罵成這樣吧……」

不，就是得罵成這樣，這樣就不會有人懷疑我了。

「話說奈唯亞，昨天晚上六點妳在哪邊呢？」

「我在家中看書，怎麼了嗎？」

「不，沒事。」

左櫻笑著搖了搖手說道：

「昨晚好像有在聖誕樹那邊感受到妳的氣息，大概是我誤會了吧。」

「…………」

「畢竟奈唯亞是我第一個朋友……」

左櫻雙手食指互戳，有些扭捏地說道：

「我一直希望自己能練就妳靠近我五十公尺內，我就能聞到妳味道的技能，但看來我還是磨練不足啊。」

難怪我看妳在我面前有時會抽動鼻子，原來是在記我的味道啊？

不過先不論左櫻那沉重到不行的言論，我得想個辦法徹底消除我的嫌疑才行。

「雖然犯人不明，但左櫻大人，妳耳朵過來，奈唯亞偷偷跟妳說個祕密喔。」

「咦咦！」

不知為何，聽到我這麼說，左櫻突然跳了起來！

「這、這就是傳說中，女生朋友間的共享祕密嗎？」

「……」

「我、我的耳朵沒有化妝過，這樣沒有關係嗎？」

一般人是不會化妝耳朵的。

「這樣好了，我去戴個耳環，啊，不對——我去沐浴淨身、齊戒三日，等一下，乾脆去靈氣鼎盛的地點修練個幾天——」

「左櫻大人，不用麻煩了。」

我強自將左櫻拉了過來，她不知為何「嗚呀」，用可愛的聲音呻吟了一聲。

「沒、沒想到我在即將滿十六歲時，就要在學校屋頂上迎來第一次了。」

被我摟住肩膀的她，全身上下細微顫抖，肌膚也泛出了一層櫻花色。

「我還是初嘗女人之間的祕事……請多多指教……」

只不過是說個祕密而已，別搞得我們好像在做什麼奇怪的事好嗎？

「妳聽好了，左櫻大人。」

我附在她耳朵，輕輕說道：

「聽說撞倒聖誕樹的犯人——」

「就是左歌表姊。」

「咦————！」

聽到我這麼說，左櫻發出了驚詫的聲音。

「可是，妳剛不是說妳也不知道犯人是誰嗎？」

「女人都是很善變的。」

「咦！三秒就變一次嗎！」

「妳看這張照片。」

我從口袋中拿出手機，這是我料到可能會有這種發展，在車上隨手一拍的照片。

「這張是路人拍的，雖然臉看不清楚，不過不覺得開車的人穿的女僕服，跟表姊穿的很像嗎？」

「確實……這女僕服的樣式……」

左櫻仔細盯著照片，但隨即搖了搖頭道：

「就算衣服再像，我還是覺得犯人不是左歌。」

「為什麼呢？」

「她不會這麼做的。」

「左櫻大人太天真了，在偵探小說中不是都是這樣嗎？意想不到的人才是最後凶手。」

「嗯？是這樣嗎？」

「就是這樣！」

我用手指指著自己的眼睛，加重語氣說道：

「妳有看過表姊的眼神嗎？既混濁又毫無光芒，那毫無疑問是犯罪者的雙眼啊。」

「她應該只是太累了吧。」

左櫻搖了搖頭，否定我的抹黑說道：

「別看她這樣，她其實是個意外認真的傢伙，只要接到工作，她就會盡自己最大努力的拿出成果來。」

「左櫻大人還真是瞭解表姊。」

「不知為何她突然退學，還變成了我們班的導師，奈唯亞妳有聽她說什麼嗎？」

「嗯……沒有呢。」

我搖了搖頭。

明明互相關心，卻完全不瞭解彼此的近況和想法，這對主僕之間的關係還真微妙。

「就是因為擔心她太過逞強，我才搜集她的頭髮做了一個髮玩偶，獻給了我所敬愛的魔法精靈，希望它們能保祐左歌，別讓她因為太過操勞而生病了。」

原來之前看到的髮玩偶是這個意思啊。

並非是詛咒而是祈福。

我和左歌都誤會了。

「對了，說到這個，我也做了一個給妳喔。」

左櫻從包包中拿出一個漆黑的髮人偶。

「鏘鏘～～～這是我用這個月掉下的頭髮做成的，送給奈唯亞，當作我們友情的證明。」

「……謝謝。」

我努力不讓心中的不願顯現出來，露出一副想哭的表情說道：

「能收到這樣好的禮物，奈唯亞感動得都快落淚了。」

「妳也太誇張了，不過是個小禮物，要多少我都可以做給妳啊。」

一個就夠了，應該說一個都嫌太多。

「妳看，材料還有這麼多呢。」

左櫻拿起地上的包包，得意洋洋地在我面前打開。

「…………」

看著只能用恐怖至極來形容的包包內部，我一句話都說不出來。

只見無數的頭髮就像海草一樣在包包中糾纏，第一眼看去，甚至會以為裡頭裝著人類的頭顱。

「這是我從小到大搜集的頭髮。」

「左櫻大人自己的……？」

「是啊，這就叫有備無患。」

左櫻挺起胸膛，一臉驕傲地說道：

「這樣我每交一個新朋友，就能送一個髮人偶給他了，是不是很棒啊。」

真的很棒。

「LS任務」看起來不難達成。

只要左櫻繼續保持這麼殘念的樣子，照理說就不會有人想跟她談戀愛。

不過我雖然是這麼想的，但現實中卻不是如此。

該說每個人的喜好不同嗎？昨天竟然有同班同學打算跟左櫻告白。

二年異班多數的男學生都對我有好感，但還是有一個例外。

那就是我們的班長——名為白鳴鏡的男孩子。

身高是做為男友最為適合的一八〇公分，不管是成績、運動還是其他方面都表現得很完美。

臉上總是帶著溫柔的笑容，做人處事十分圓滑。

要我說的話，這人給我的感覺很像是大型犬，待在他身邊自然而然會感受到安心，是個讓人疑惑為何會在二年異班的存在。

「左櫻大人。」

我開始不著痕跡地打聽。

「妳和白鳴鏡很熟識嗎？」

「妳是說我們班的班長嗎？」

左櫻搖了搖手道：

「除了必要的對話，我們幾乎沒有交集。」

既然素不相識，那為何白鳴鏡要對左櫻告白？

不對，說不定就是因為沒有太多接觸，所以才誤以為左櫻是個很有魅力的人了。

所以說無知真是恐怖。

「奇怪，怎麼莫名的感到有點不快，就像是有人在說我的壞話？」

「是誰！竟敢說左櫻大人壞話！看奈唯亞去把他碎屍萬段！」

「奈唯亞妳怎麼又突然激動起來了……」

左櫻擔憂地望著我說道：

「雖然我很感謝妳為了我而生氣，但妳情緒控制能力要是不夠好，這樣一個人躲在廁所吃飯時，會因為哭聲而洩漏蹤跡喔。」

我似乎不需要應用層面這麼狹隘的情緒控制能力。

「不過，奈唯亞怎麼突然問起班長這個人了？」

「這個嘛……」

這邊就隨便編造個藉口蒙混過去吧。

但就在此時，一個對我來說十分不幸的意外發生了。

屋頂上突然颳起一陣狂風，這陣突如其來的風吹動我們身上的衣服，逼得我趕緊伸手壓住紛飛的裙子。

注意力一時渙散的我，無暇顧慮上衣，數張照片就這樣從我的制服上衣口袋飛了出來。

這一剎那間，我的手微微一動，想要將那些照片搶回來。

但我隨即用意志力強壓下了這股衝動。

現在的我，是個普通的女高中生——奈唯亞，要是展現了非人的實力，會招人懷疑的。

所以，我什麼都不能做。

我只能看著左櫻以乾淨俐落的動作，抓住了在天空飛舞的照片。

「…………………」

下意識瞄了一眼手中的照片，左櫻沉默了下來。

完了，意料之外的事又發生了。

該怎麼應付這個局面呢。

「奈唯亞，我先為不小心看了照片一事道歉。」

就像攤開撲克牌那般，左櫻將照片展開問道：

「不過我還是想問——」

「為什麼妳會隨身帶著白鳴鏡的照片呢？」

左櫻的手上，是數張白鳴鏡的照片，而且各個拍攝角度都有。

「有些照片的拍攝地點，看起來根本就不像是在校舍，而是在他的宿舍或是房間中，甚至連他睡覺的私密照都有。」

「……」

「依照我猜想，這些照片應該不是透過正常的方式得到，或許……是妳偷拍的？」

是的，當知道白鳴鏡要和左櫻告白後，我就花了一個晚上，盡我所能地調查這個傢伙。

除了偷拍外，我還駭到高中內的監視器，所以才能拿到這麼多的白鳴鏡照片。

雖然因為時間不足，還沒得到什麼值得一提的情報。

但是，我還是隨身帶著他的照片，以備不時之需。

但是沒想到，這竟成了我陷入危機的最大敗筆。

該怎麼辦？

怎樣的藉口可以讓我在不暴露身分的狀況下，圓滿解釋這個異常狀況。

「……」

無數的解決方案在我腦中展開，但每一樣都不可行，即使已經經過三秒，我還是一句話都說不出來。

「看來，奈唯亞對白鳴鏡似乎有著非凡的興趣啊。」

左櫻看著我，表情突然變得嚴肅無比。

就像是在面對左櫻公主，從她身上，我感受到了一股巨大的壓迫感。

「理由是什麼呢？奈唯亞。」

「…………」

「放心吧，即使妳不說，我也猜得到是怎麼回事。」

「——！」

一切都要在這邊結束了嗎？

我想要建一個專屬於自己樂園的夢想，就此完結了嗎？

「妳之所以這麼在意他，其實是因為——」

「妳正在暗戀白鳴鏡，對吧？」

「…………………………………………………………嗯？」

出乎我意料之外的答案，讓我就像當機一般呆立在原地。

「我懂的～～我真的懂的！」

左櫻按住我的雙肩，雙眼放出光芒說道：

「畢竟白鳴鏡是個帥哥，喜歡他是很正常的。」

「嗯、啊、啊……」

「身為懷春少女，所以情不自禁地拍下喜歡之人的照片收藏，這個舉動十分正常，我明白的～～」

不，我不明白，事情為何會變成這樣？

「嗯？難道是我誤會了嗎？」

注意到我表情的左櫻微微皺了皺眉道：

「那我手上這些照片——」

「不，左櫻大人說得對。」

我將所有想要解釋的話吞入肚中，正色說道：

「奈唯亞就是如此不可自拔地愛著白鳴鏡。」

「果然如此！」

心花怒放的左櫻開心地轉了一個圈。

「啊啊！我期待好久了！女生朋友之間聊著戀愛話題，這種機會我憧憬好久了。」

「那個，左櫻大人——」

「放心吧！」

左櫻對我豎起大拇指說道：

「妳可是我的『眷屬』啊，我會好好支持妳的戀情的！一定盡力幫妳撮合這段戀情！」

看著興奮不已的左櫻，我露出有些苦澀的笑容，點了點頭。

——十年前的「魔法意外」是什麼？

——左獨委託我進行「ＬＳ任務」的真正企圖又是什麼？

——白鳴鏡又是基於怎樣的理由想要和左櫻告白？

需要處理的問題堆積如山。

我不知道哪個比較重要，但我可以很肯定的說，絕對不是現在我和左櫻打算做的事。

「奈唯亞！」

時間是放學後，在屋頂的左櫻開心地和我說道：

「我幫妳約了班長了！叫他放學後到屋頂這邊來！」

「……妳是用什麼理由叫白鳴鏡過來的？」

「我跟他說有人要跟他告白！」

「…………」

在左櫻的大力支持下，我現在的待辦事項中，突然多了一個「在屋頂跟白鳴鏡告白」。

「沒想到我能親眼見證摯友的戀愛呢。」

「奈唯亞也沒想到，人生中第一次告白的對象，竟然會是白鳴鏡啊……」

「呀！呀——也就是說是初戀囉！天啊，好純情！」

情緒明顯比平常高昂的左櫻激動地說道：

「奈唯亞，要是妳願意的話可以跟我說嗎？具體來說，妳喜歡白鳴鏡的哪個部分？」

具體來說，我也不知道。

因為我根本沒跟他說過幾次話。

但看著左櫻期待的目光，不說點什麼好像也不行。

只能就目前所知的部分說了。

「我喜歡他是個男人的部分。」

——這就是我所知道的全部了。

「嗯？」

聽到我這麼說，左櫻先是疑惑了一下後，手握拳敲了一下手掌說道：

「原來如此，是指他很有男子氣概的意思嗎？」

「對，就是這樣，他很男人，真的很男人。」

尤其是性別、性別還有性別的部分。

「外表看起來明明就像是個鄰家大哥哥啊……果然漫畫中說的都是對的，這種溫柔的類型其實都是鬼畜攻。」

「左櫻大人到底都在看什麼漫畫……」

「左歌偷偷藏在衣櫃深處的漫畫。」

「表姊……」

可以拿來威脅她的素材似乎又多了一項。

「不過，我和白鳴鏡還不熟，這麼快就跟他告白，是不是有點操之過急了呢？」

「告白之後就熟了！」

「如果被拒絕的話——」

「那就放棄吧！」

左櫻雙手扠腰，微微仰頭從鼻子哼了一口氣，一副覺得自己講得很好似的。

我想她很好的證明了一件事。

與人相處有障礙的人，是不能和人討論戀愛話題的。

「不過說到戀愛……」

左櫻看著遠方的天空，以憧憬的眼光說道：

「我從沒喜歡上一個人過，不知道那是什麼感覺。」

我也沒有呢，就這點來看，我和左櫻是類似的。

「不過，我倒是有個想見的人。」

「是誰呢？」

面對我的追問，左櫻露出淡淡的笑容，一言不發。

不知為何，總覺得她這時的微笑有些悲傷。

為了怕她落淚，我轉移話題問道：

「那麼，假設現在有人跟左櫻大人告白，妳會怎麼做？」

「告白是嗎？」

左櫻抱著雙臂思索了一會兒後說道：

「如果對方是個不差的人，或許我會想要試看看吧……不對，還是算了。」

她說到一半馬上搖了搖手。

「要是我的魔法失控，影響到對方就不好了。」

一直以來左櫻遠離他人，是因為她的魔法。

這些天我在她身旁觀察，除了屋頂開鎖和慣例的魔法練習，她從不輕易使用魔法。

不過，這份體貼同時也造就了她的飢渴。

孤獨許久的左櫻，其實一直期待同伴的出現。

一旦有人強硬的接近她——像是我這樣，她就會輕易淪陷。

所以，絕對不能讓白鳴鏡順利地向左櫻告白。

「左櫻大人，很感謝妳安排了這個機會。」

心生一計的我提出要求。

「如果可以的話，請讓奈唯亞和白鳴鏡獨處吧。」

我的額頭有一個彈痕。

在過往的某個任務中，子彈打進我的腦袋，差點讓我喪命。

這道舊傷不只在物理上留下了痕跡，也不斷地在我心中劃下印象。

因為每次化裝成別人時，總是必須特別注意這個彈痕，不讓它露出破綻。

——**你都不覺得你自己很卑鄙嗎？**

多年前，我曾被人這樣問過，我額上的彈痕也是被他打出來的。

那時的我就跟現在這樣，為了讓任務成功使盡所有想得到的卑劣手段。

——**像你這樣的卑鄙小人，最後一定會不得好死**。

還記得那時聽到他的指責時——

我不禁露出了笑容。

看到我那混雜著嘲弄和無奈的笑容，責罵我的人像是看到什麼不可置信的情景，當場愣住。

開什麼玩笑。

不得好死又如何。

真正可怕的是活在地獄中。

若是能當英雄，誰會想當反派呢？

我只是個被命運捉弄的平凡人，光是活下去就竭盡全力。

我不是「想要」當個卑鄙小人——我是「只能」當個自私的人。
為了活下去而欺騙、說謊、背棄他人。
我知道的，我一直在做他人所不能忍的惡事。
所以，即使有傭兵、小偷、殺手等那麼多可以賺大錢的職業，我最終還是選擇了隨扈。
這一切都是因為——
「好了。」
我用隨身攜帶的鏡子，看著裡頭的自己。
「這樣一切就準備就緒了。」
鏡中的倒影，完美浮現了「左櫻」的模樣。
但這並非是真正的左櫻。
撇開交際障礙和有時會暴走的言行不論，左櫻的教養是貨真價實的。
既然答應了我的要求，就肯定不會躲在某處偷窺我的告白。
所以，趁此難得的機會，我化妝成了左櫻的模樣。
我之所以會隨身攜帶他人的照片，為的也是如此。
這樣只要有需要，我就能隨時化身成另一個人。
——**「我跟他說有人要跟他告白！」**

雖然白鳴鏡知道有人要跟他告白，但他不知道是誰。

也就是說，即使等在屋頂的是左櫻，白鳴鏡也不會感到任何異樣。

「左櫻同學。」

屋頂的門打開，白鳴鏡走了進來。

他四處張望，卻一個人都沒看到。

意會到事情可能是如何的他，手摸了摸頭髮笑道：

「該不會……等者我的人，就是妳吧？」

面對他的疑問，我輕輕點了點頭。

「那麼，有什麼事呢？」

時間已經近黃昏，太陽緩緩地從藍天中落了下去，橘紅色的光芒灑落在我和白鳴鏡之間。

雖然今天的溫度十分低，但此時此刻，溫暖的色彩塗滿了整個屋頂，讓人一瞬間忘卻了寒冷。

現在的情景，比起昨天的聖誕樹，更加適合告白。

即使我一言不發，白鳴鏡依然保持著令人看了就安心的微笑，認真地看著我的雙眼。

他似乎是如傳聞一般的好青年，要是左櫻真的和他成為朋友，或許就不會變成現在這般可悲的模樣了吧？

至少，會比和我當朋友好得多。

「從很久以前我就想說了。」

從我嘴中吐出的，是有如左櫻的高雅聲線。

「你是個很煩人的傢伙。」

「…………」

聽到我這麼說，白鳴鏡瞪大雙眼，露出了驚訝的表情。

「昨天你在商店街一直跟著我做什麼？」

「我只是想和妳說點話而已。」

「不需要。」

我以冷若冰霜的表情說道：

「注意你的身分，就憑你這種等級的人，也配跟左家的公主說話嗎？」

「……那麼，妳為何要以告白做為藉口，邀我到屋頂呢？」

「我只是隨便找個理由，沒想到你不疑有他，就這樣傻傻地過來了。」

我掩嘴輕笑道：

「果然，是個蠢蛋呢。」

我不清楚白鳴鏡為何要跟左櫻告白。

但只要我以左櫻的身分，徹底澆熄他的戀愛之火就好。

就算因此敗壞左櫻的名聲，讓她的高中生活孤獨一人也無所謂。

——你都不覺得你自己很卑鄙嗎？

我說過，我早就做好覺悟了。

為了完成任務，我願意做任何事。

「LS任務」的主旨是破壞左櫻的戀愛，讓她遠離所有男人。

就算那是再卑鄙的行為，我也甘之如飴。

「……」

聽著我這樣的冷嘲熱諷，一般人早就惱羞成怒了。

但是好脾氣的白鳴鏡什麼都沒說，只是輕輕嘆了一口氣。

「真是遺憾，我本以為我和左櫻同學能更親近的。」

「很可惜，那是不可能的。」

「若是左櫻同學真的那麼認為，那我當然會放棄。」

白鳴鏡突然收起了遺憾的表情，露出了意味深長的笑容說道：

「只可惜，妳並不是真正的左櫻吧。」

「……你突然間在說什麼？」

「我的意思是，妳是假扮的左櫻。」

——怎麼可能？

雖然表面不動聲色，但我的內心十分震驚。

這些年來，我以易容術自由進出敵陣，就連假扮對象的家人都看不穿。

但如今，幾乎沒失敗過的我竟被一個普通的男高中生給看穿了？

「你這無禮的傢伙，到底在說什麼？」

我壓低聲音威嚇道：

「左家繼承人的身分，豈是容得你質疑的。」

「別再逞強了，雖然理由不能跟妳說，但我知道妳不是真正的左櫻。」

「……………」

「不但如此，我還知道妳的真實身分。」

看穿一切的白鳴鏡，露出爽朗的笑容說道：

「若是可以的話，能請妳回答我嗎——」

「奈唯亞，妳為何要假扮左櫻呢？」

第四章

要是連交個男友都不會，當個隨扈是活不下去的

剩餘報酬：99億

是哪裡露出了破綻？

打扮？言行？聲音？習慣的小動作？

不對，我有自信，我應該都在這些地方做到了完美。

「既然都被看穿了，要不要恢復原本的打扮？」

白鳴鏡提議道：

「這樣子說起話來，感覺也比較不會那麼奇怪。」

既然被識破了，那繼續保持這副模樣也是一點意義都沒有。

於是，我將假髮脫掉，把臉上的面具給撕了下來。

「喔喔，原來是這樣啊。」

看著我脫下的面具，白鳴鏡饒有興趣地說道：

「混合了化妝和人皮面具的技術啊，真是精巧的手藝。」

「竟然懂這些東西，你並不是個普通的高中生吧？」

我以戒備的眼神看著他問道：

「你到底是什麼人？」

直到此刻，我才算是真正體會到二年異班的本質。

這個班聚集了許多有隱情的人，其中或許有著連我也想像不到的怪物也說不定。

「要是我回答這個問題，妳就會跟我說妳為何要假扮左櫻嗎？」

「……」

「不回答嗎？不過沒關係，我大概猜得到是怎麼回事。」

「你知道……？」

若是他真的知道，那我的「LS任務」就會失敗。

這瞬間，我的腦袋不斷運轉，思考要怎麼不著痕跡地把面前的白鳴鏡給除掉。

不知是不是感受到了我那微弱的殺氣，白鳴鏡露出人畜無害的笑容說道：

「請妳別那麼緊張，我確實是個普通的高中生沒錯。我並不具備任何驚人的技能，只是個不值一提的傢伙。」

「別騙人了，若是如此，那怎麼可能看穿奈唯亞的變裝？」

「我之所以能做到這件事，是因為別的因素。」

「嗯？」

「我會將一切告訴妳的，如果妳想知道其中緣由的話，明天放學後陪我一下吧？」

「這是威脅嗎？」

「我怎麼可能會威脅女孩子呢，這種事即使是打死我也不會做的。」

他認真的表情完全不像是作偽。

從他這句話來看，他雖然知道我是奈唯亞，但是不知道我是「白色死神」海溫。

「總之，只要明天陪我一下，我就把妳想知道的事情都交代清楚……包括左櫻同學身上的魔法。」

這傢伙到底是什麼人？竟然連左櫻身上的魔法都知道。

「那就明天晚上六點，在傾倒的聖誕樹面前見面囉。」

「聽起來還真像是約會的邀請啊。」

「就是約會啊。」

白嗚鏡露出了「妳為什麼要特地說這個」的驚訝表情。

「男女單獨出遊，不就是約會嗎？」

「…………」

「能跟班上數一數二可愛的奈唯亞約會是我的榮幸。」

白嗚鏡手一擺，微微低下頭，就像是騎士對公主鞠躬般說道：

「請放心，明天就交給我吧，我會盡力滿足妳，絕對不會讓妳感到無聊的。」

於是，在所有事情都沒解決的狀況下，我訂下了與男人的約會。

隔日放學後，我前往傾倒的聖誕樹前方，結果發現白嗚鏡已經站在那等著我了。

他打著素色領帶，穿著三件式的西裝，下半身則是深咖啡色的休閒西裝褲和閃亮的皮鞋。

整體打扮簡單又不失大方，既有品味又充滿了潔淨感。

一眼就能看出他為了今天的約會精心打扮。

因為他本來就是個帥哥，路過的女性和女學生都不斷對他行注目禮。

相比之下，我身上的衣服只是平常的制服，本來想要偷偷把左歌的決勝服裝拿來穿的（藏在床底，內衣形式大膽到連我看了都有點退卻）。但轉念一想，我又何苦為男人精心妝扮呢，於是就照著平常的模樣來了。

「等很久了嗎？」

「沒有，才剛到。」

我們進行著男女約會前的慣例對話。

不過從我裝在高中裡的竊聽器中，我知道白鳴鏡在約定時間的半小時前，就提早到這邊等待了。

「我特地預約了必須一個月前訂下的熱門咖啡廳，那邊的甜點聽說很不錯。」

白鳴鏡指著遠方的商店街店鋪說道：

「不嫌棄的話，一起去吧。」

「……你還真的是打算和奈唯亞約會啊。」

雖然不管怎麼看都是個閃亮的帥哥，但在知道這個人的真正企圖前，必須小心點才行。

「我昨晚努力準備，查了不少行程呢，希望妳會滿意。」

「白鳴鏡學長——」

「叫我鳴鏡學長就好。」

「鳴鏡學長，你到底打著什麼主意，奈唯亞可沒有這麼多閒功夫陪著你，不如直接打開天窗說亮話如何？」

「要是再不快去，訂位的時間就到了。」

白鳴鏡無視我的話，以柔和的笑容說道：

「不如我們邊走邊說吧？」

「奈唯亞剛剛就說了，我對跟你約會完全沒興趣——」

「放心吧，今天的一切費用都由我請客。」

「走吧，我們去約會！」

路上十分熱鬧，可能因為再十天就是「聖誕祭」的關係，逛街的路人十分多。

不過只要看到我和白鳴鏡，眾人就會停下腳步，要不是偷拍，就是躲在一旁竊竊私語。

「別太在意那些人。」

白鳴鏡默默地走到靠馬路那側，對我解釋：

「這是因為妳穿著制服的關係，只要被認出是二年異班的學生，有這些反應很正常。」

這幾天我逐漸摸熟了五色高中這個學校。

它其實是依照「才能」來進行分班的。

舉個例子，像「羽」這個班就以赤色做為代表色，聚集了一群體育精英，而對他們的教育，也較為偏重體能方面。

當然，其他班級也是，不過對於他們的才能在此先不多談。

「異」班之所以會被特別關注，是因為它不同於其他五個班，聚集了許多「無才能」或是看似才能不明的「特異分子」。

要是說得極端點，這就跟貼了異於常人的標籤是一樣的意思。

仔細想想，左獨會將女兒丟來這個班，本身就是一件很奇怪的事。

「鳴鏡學長你看起來明明很正常，難道其實也隱藏著什麼不得了的祕密嗎？」

「當然有，不過並不是什麼大不了的事。」

他瞇細眼睛，就像是在回憶什麼似的說道：

「我只是多了一個憧憬的人，並發誓之後一定要跟這個人一樣而已。」

「果然還是別有隱情嘛。」

「跟妳的易容術還有左櫻的魔法比起來，那根本就不算是什麼喔。」

從他這句話看來，他果然不知道我的真實身分。

那他為何會知道魔法和我變裝的事呢？

「因為『髮飾』喔。」

就像看穿了我的心中疑惑，白鳴鏡解釋道：

「左櫻的頭上，不是有一個櫻花髮飾嗎？那個『髮飾』裡頭，其實裝著定位器和小型竊聽器，只要打開開關，就能透過它聽到左櫻的聲音。」

「………」

真是沒想到。

我用竊聽器聽取學校中的情報，但其實左櫻身上也有同樣的機器。

不過仔細想想也是當然的，左櫻是左獨的獨生女，除了我這個隨扈外，要是沒有其他保險或是保護措施的話，那也太不合理了。

也就是說，白鳴鏡的真實身分其實是——

「我是左獨當家咱中安排在左櫻小姐身邊的護衛。」

白鳴鏡掀開西裝外套，現出了裡頭閃閃發光的「左」字徽章。

「像你這樣的護衛，有很多嗎？」

「左獨大人旗下有一支『親衛隊』，這可以視為他的直屬部隊，具體成員有誰只有他自己知道。」

白鳴鏡露出有些歉疚的語氣說道：

「所以『親衛隊有誰』這個問題，請恕我無法為妳解答。」

明明一開始就是我假扮左櫻戲耍他，但是他不但沒責怪我，還向我提供了左家的內部情報。

看著微笑的他，我實在搞不懂他的目的是什麼。

「當然，為了怕侵犯左櫻小姐的隱私，只有特定時候竊聽器才會開啟，讓我們這些『親衛隊』聽到聲音。」

「特定時候是什麼時候？」

「左櫻小姐發動『魔法』後的些許時光。」

我的腦中浮現了左櫻詠唱咒文時的樣子。

只要她使用魔法，她的髮飾必定會發光。原來會有這種現象，是因為裡頭的竊聽器開始運轉的關係嗎？

「所以，對不起，奈唯亞。」

白鳴鏡微微低頭，向我道歉說道：

「我並非故意，但妳跟左櫻小姐在屋頂上的對話，我幾乎都聽在耳中。」

「你就是因為這個，才識破我的變裝的，是嗎？」

「沒錯，我從左獨大人那邊聽聞，他最近從外頭找了一個高手在左櫻小姐身邊。當我知道妳假扮左櫻小姐的那刻，我終於確定了那個人是奈唯亞妳。」

難怪他雖然知道我的身分特殊，卻不知道我其實是男扮女裝，也不知道我是白色死神海溫。

不過，我想我不需要把真實身分說給他聽。

做這行的，還是別輕易信任他人比較好。

「你跟我說這些，甚至還自曝身分，這樣沒關係嗎？」

「當然有關係啊，要是被『左』發現我做了什麼，我一定會馬上被逐出『親衛隊』，並受到嚴厲的懲罰。」

白鳴鏡指著人來人往的街道說道：

「所以我不用電話也不在學校，而是選擇在此時此地跟妳說明這些。」

原來如此，想要藉著人群吵雜隱藏在其中是嗎？難怪會特地和我訂下約會的行程。

「那麼，你這麼做的目的是什麼？」

「我需要一點時間解釋，但是請妳相信我——」

白鳴鏡以澄澈的雙眼看著我說道：

「我是站在妳這邊的，而且，我有事需要妳幫忙。」

在那剎那，我陷入思考的漩渦中。

新的事件再度發生，這說不定是得到左家內部情報的好機會？

現在的選擇，應該會大幅度的左右之後的事態發展。

將行動導致的結果在腦中展開，我決定——

「謝謝你，鳴鏡學長。」

我伸出手，挽住了他的手臂說道：

「謝謝你特地跟奈唯亞說這些事情。」

就像是親密的情侶，我將身體靠在他身上。

既然要用約會遮掩，那就做得徹底一些吧。

而且又可以用這樣的舉動，想辦法博取白鳴鏡的好感度，可謂是百利而無一害。

看到我這麼做，白鳴鏡先是一愣，接著露出了會意的笑容。

「那麼，就今天一天——」

「沒錯，就今天一天。」

我們同時點了點頭說道：

「我們交往吧。」

雖然心中對跟男人親密接觸還是稍稍有些排斥，但為了任務也沒辦法了。

我想我作夢都不會想到吧。

這輩子都沒交過女友的我，竟然先有了一個男友。

我和白鳴鏡扮演一對感情很好的情侶，一邊親密的互動一邊往咖啡廳走去。

「『雙之島』慣例會舉行『聖誕祭』，為了慶祝這個盛大的節日，在平安夜時，本來禁止外人進入的五色高中，會開放校外人士進入。」

白鳴鏡指著街上閃閃發亮的燈飾說道：

「不過鮮少人知道，其實這個節日不是為了慶祝聖誕節。」

「咦？那是為了什麼？」

「真正的目的，是為了慶祝左櫻小姐的生日。」

自從揭發真正的身分後，白鳴鏡就把稱呼從左櫻改成了左櫻小姐。

「左櫻小姐的生日是十二月二十四日，左獨大人為了讓所有人都能參與小姐的生日，所以假藉聖誕節的名義辦了『聖誕祭』。」

「……」

「對左獨大人來說，『聖誕祭』的意義是『神聖的左櫻誕生的祭典』，簡單來說就是

一場大型的生日 Party。」

為了慶祝女兒的生日，於是把整個島的人都捲進來？所以說這個人果然是個傻爸爸吧？

「每一年的『聖誕祭』之所以那麼熱鬧，甚至吸引無數島外人士前來的理由，是因為每一年的平安夜，都會有一則『奇蹟』出現。」

「『奇蹟』？」

「以去年舉例，整個島上突然出現了無數隻發光的獨角獸。」

「……你是說，頭上長著一隻角，長得像是馬的獨角獸？」

「是啊，就是那個神話中才會出現的動物。」

白鳴鏡點了點說道：

「傳說看到獨角獸的人，會得到無與倫比的好運，事實上，目睹的人不少之後結了婚、中了彩券或是大病得癒——這就是去年『聖誕祭』的奇蹟了。」

我試想了一下那時的情景。

在月夜下，閃閃發光的獨角獸走在人群中，這情景確實浪漫至極。

這個島有魔法，又有傳說中才有的野獸，也太不可思議了吧？

「不過，為何突然說起『奇蹟』和『聖誕祭』的事？」

「那麼，我換個說法吧。」

白鳴鏡豎起一根手指說道：

「『聖誕祭』雖然一直都有，但其顯現的『奇蹟』，是從十年前才開始的。」

「十年前……」

這個時間點，跟「魔法意外」重疊。

「沒錯。」

白鳴鏡悄悄向我使了個眼神，證實了我的猜測。

「左櫻小姐十年前製造的『魔法意外』，殘留了某種碎片和殘渣，這些東西造就了之後的『聖誕祭奇蹟』。」

謎團越來越深了。

把至今為止得到的線索整合一下吧。

左櫻十年前的「魔法意外」，導致了自己的母親消失，也造就了只會在「聖誕祭」上出現的「奇蹟」。

左獨在左櫻即將滿十六歲的生日前，將名為「白色死神」的我找來，開始了「LS任務」。

這幾件事看似毫無關聯，但其中一定隱藏著連接的線。

「嗯？」

此時，注意到身後異狀的我，中斷了自己的思考。

「鳴鏡學長。」

我輕輕拉了一下他的衣袖，將聲音擰成細線說道：

「保持現狀聽奈唯亞說。」

就像是女友向男友撒嬌，我將頭倚在白鳴鏡的手臂上說道：

「我們似乎被人跟蹤了。」

此時，我懷中的手臂顫動了一下。

看來白鳴鏡完全沒發現此事。

不過身後的人確實是個高手，就連我都必須十分專心才能察覺他的氣息。

「敵人是誰，你有頭緒嗎？」

「不知道，或許是『左』的人開始懷疑我，也或許是敵人。」

「哪種可能性比較高？」

「敵人。」

「好，既然是這樣，那就不用客氣了。」

對方是個不簡單的人物，不能有任何猶豫。

我將手伸進裙子中，握住裡頭的槍。

以裙襬做掩護，我將槍口轉後，瞄準傳來氣息的方向。

——砰！

經過滅音器消音的子彈穿透我的裙子，朝著身後的跟蹤者飛去！

這個攻擊十分突然，就連身旁的白鳴鏡都沒料到，發出了驚呼。

可能是他驚訝的樣子讓我的突襲露出了破綻吧，身後的敵人瞬間消失了蹤影。

我的子彈命中跟蹤者身後的牆壁，打出了一個彈孔！

「嘖，被逃掉了。」

轉頭看向身後的我有些不甘心地砸了一聲舌。

不過還來得及，剛剛的子彈打了對方一個出其不意，他身上穿的衣服被子彈劃破，在地上留下了破片。

只要登到高處，想辦法找到衣服有缺損的人，我就能知道對方是誰。

「救命啊——————！」

跟蹤者果然是如我所想的高手，他馬上對我的舉動做出了反制。

「有人開槍啊啊啊啊啊——————！」

雖然我幾近沒有發出槍聲，但身旁的群眾聽到了呼救的聲音，還是陷入了不安之中。

人潮起了騷動，就像水流一般向四周奔逃。

在這樣的混亂中，跟蹤者很快地就完全銷聲匿跡。

「看來是沒有任何追蹤的辦法了。」

這俐落的手法，迅速的反應，毫無疑問的是我「那個世界」的人。

「抱歉，奈唯亞，都怪我打草驚蛇。」

白鳴鏡跑到我身邊，露出了歉疚的表情。

「沒關係，也不算是毫無收穫。」

我蹲下身去，揀起了地上的衣服碎片仔細察看。

「這個質地和布料……」

從指尖傳來的觸感意外的熟稔。為了怕弄錯，我不斷仔細觸摸，但不管摸幾次，我得到的結論都不會變。

「抱歉，鳴鏡學長，今天的約會先取消。」

「沒關係，找機會我再補償妳。」

「那真是太好了，別忘了今天本來該招待奈唯亞的甜點喔。」

我對他露出了甜美的笑容，然後伸展了一下身體，深吸了一口氣。

「接下來——就是拚速度了！」

身旁是一棟公寓，我跳了起來。

只要有一點借力之處，我就能靠著手抓或是腳踩往上，不用十秒，我就攀到了公寓的頂部。

接著，我甩出手臂中的鋼索細線，捲向遠方的路燈，拉著手上的鋼索，我躍進了下方的藍天中。

就像盪鞦韆一般，在空中劃了一個弧線的我，借力跳到了另一個屋子的頂部。

「媽媽，有高中女生在天空飛！」

「不要再胡說八道了，上次卡車也是這樣——咦咦！」

我怎麼老是遇到這對母女啊？

像蜘蛛人一般在建築物中間晃來蕩去，不斷反覆這個過程，我很快地就回到了我和左歌一同居住的地方。

「喂！你在做什麼！」

當我闖了進去後，左歌馬上大喊。

我看向聲音的方向，只見浴室不斷冒著熱氣，左歌正在洗澡。

「你、你這個色鬼！我就知道，你等這一刻很久了對吧？你是不是想要假裝意外，然後闖進浴室看我的裸體！」

「我對表姊的裸體沒興趣。」

「別騙人了！我警告你，要是再靠近一步，我一定會尖叫報警！」

「我就說了，我是真的完全沒興趣。」

我快步走向左歌的衣櫃，「啪」的一聲將它打開來。

「即使以最快速度趕回來，也還是來不及嗎？」

有一件放在衣櫃裡頭的女僕裝，裙角有著不自然的缺損。

我掏出口袋中的衣服碎片，將其按上了破碎處，結果完全吻合。

「若依照這狀況推論……」

剛剛的跟蹤者，毫無疑問的是左歌——

「吶，你不會真的對我完全沒興趣吧。」

浴室中的左歌有些不安地說道：

「就連你這種變態都不在意我，同居就我一個人在窮緊張，我、我就真的那麼沒魅力嗎？我已經開始懷疑自己了。」

「……」

「我不會做到報警那麼絕的，你要不要禮貌性地衝進來？真的不會怎麼樣喔。」

不，再怎麼說這麼悲哀地人都不會是跟蹤者吧。

「我尖叫聲也會盡量放小的，不會嚇到你，也不會造成鄰居困擾的，誰都不會得到不幸，這樣不是很好嗎？你真的不試試看嗎？」

看來是有人穿著左歌的衣服，並試圖嫁禍給她。

聽著左歌的不斷懇求，我下了這樣的結論。

「奈唯亞。」

隔日，在屋頂上，左櫻慣例的和我進行著午餐會。

「今天天氣很冷，我特地準備了小火鍋——」

「啊，抱歉，左櫻大人，今天無法和妳吃飯。」

「……」

「奈唯亞今天有事，來這邊就是為了跟妳說這個。」

「…………」

手上拿著菜刀的左櫻先是石化了一下，接著露出高雅的微笑說道：

「抱歉，我剛剛沒聽清楚，妳說了什麼？」

「今天奈唯亞已經和鳴鏡學長約好了要共進午餐，還請左櫻大人見諒。」

「白鳴鏡？我們班的班長？」

「是的。」

「…………」

「左櫻大人，妳要不要把刀子先放下？」

眼神完全黯下來，拿著菜刀又面無表情的左櫻，坦白說有點可怕。

當初白鳴鏡要向我告白是左櫻安排的。

昨天的約會結束後，我姑且以模糊的說詞和左櫻交代了後續。

總之大意是白鳴鏡什麼都沒說，只是邀我去約會。

我們現在成了朋友以上，戀人未滿的曖昧關係。

「所以，今天我和奈唯亞的午餐會……被白鳴鏡奪走了是嗎？」

「雖然這說法怪怪的，但就是如此沒錯。」

看到我點頭，左櫻再度一動也不動，就像沒有電力的機械人。

手中的菜刀墜落到地上，「嚓」的一聲釘進了底下的砧板中。

過了不知多久後——

「男人就這麼好嗎！」

撲到我面前的她抓著我的肩膀，不斷搖晃著我說道：

「果然女人之間的友情，是個只要男人介入就會破裂的關係嗎！」

「左櫻大人太誇張了，奈唯亞只是去跟他吃個飯而已。」

「吃飯不就是上床的前置步驟嗎！」

「左櫻大人妳在說什麼啊！」

妳的教養呢！

「我聽說過的，男女在上床前，必定會經過一起吃飯這個過程。」

「嗯？總覺得有微妙的不對，但好像也沒有說錯。」

「共進餐點這種行為，說白點就是互相交換唾液，已經是廣義的黏膜接觸了！」

「可以用公筷母匙啊。」

「就算如此……那麼近的距離，那也是不斷藉由空氣這個媒介，進行所謂的間接呼吸！」

「間接呼吸是什麼！」

「等一下，所以我跟奈唯亞平常中午吃飯時，也是用鼻腔在進行廣義的黏膜接觸囉？呀——好害羞！」

左櫻雙手捧著臉，突然害羞了起來。

但可能是馬上就察覺自己失態，她輕咳幾聲，假裝沒事的模樣。

「聽好囉，奈唯亞，沒談過戀愛的妳可能不知道。」

她豎起一根手指，嚴肅地說道：

「男人都是下流的生物！」

不，我知道，因為我就是男人。

「雖然班長表面上看起來人畜無害，但私底下說不定十分淫亂。」

這話輪不到剛剛還說出間接呼吸的妳來說。

「但是，左櫻大人前天不是還支持奈唯亞的戀愛嗎？」

「我、我本來是支持的……畢竟是第一個好友的戀愛。」

左櫻露出了有點苦悶的表情說道：

「但知道妳昨天跟他去約會後，我翻來覆去一直睡不著，腦中全是妳和白鳴鏡的親密畫面。」

「……」

「一想到我的朋友——不，摯友，曾經跟別的男人交纏，心中不知為何就很不是滋味。」

「這個彷彿知曉老公外遇，獨守空閨的妻子心聲是怎麼回事？」

而且還偷渡摯友這個名詞，想要強力確認關係。

「這種心情我還是第一次有，我不太清楚那是什麼。」

左櫻抱起雙手，有些煩惱地歪著頭說道：

「總覺得心中又刺又痛，很不舒適。」

這大概是因為嫉妒和占有慾作祟吧。

這些日子我漸漸察覺了。

從未與人相處的左櫻就像是張白紙，雖然外表即將滿十六歲，但情感層面就像是個嬰兒。

很多情感都是第一次經歷，連她自己都不甚清楚，所以常常誤解或是擅自下定論。

「經過一夜的苦思後，我終於知道自己胸口為何這麼難受了。」

「為什麼呢？」

「我想那大概是因為——」

「我沒有ＮＴＲ屬性。」

「……………………………………」

NTR——重要的對象被睡走。

NTR屬性——對被戴綠帽的事實本身感到興奮。

「要是我能跟一般人一樣有NTR屬性，我就能盡情享受自己好友被奪走的狀況了。」

「不，有NTR屬性的絕對不是一般人。」

「錯就錯在我的價值觀偏差，無法想像妳和白鳴鏡牽手的畫面就興奮起來！」

「會因為這種場景興奮才是價值觀崩壞吧？」

「左歌藏起來的漫畫也很多這種類似的情節，我真恨自己的不長進，要是能接受NTR的話，就能和妳跟白鳴鏡和樂融融的三人行了。」

「左歌表姊，妳又……」

這傢伙涉獵的漫畫範圍是不是太廣了一點？

「所以，請讓我跟著妳去班長的中餐會吧。」

左櫻拉著我的衣角，眼角含淚地說道：

「我會靜靜守在一旁，不會造成你們困擾的，只要妳偶爾回頭看我一眼，我就心滿意足了。」

這種彷彿我對妳始亂終棄的句子，又是怎麼回事啊？

坦白說，我之所以跟白鳴鏡約好要一起吃飯，是因為想要討論昨天事情的後續。

我想知道敵人是誰，也想打聽有關左櫻魔法的事情。

但不管是哪一個，都不適合左櫻在場。

不過這樣下去確實不太妙，左櫻一副快要哭的樣子，要是她真的哭了，那我的報酬又要減一億元。

「奈唯亞明白了，今天和鳴鏡學長的午餐會就取消吧。」

「咦？」

「沒有人比左櫻大人重要，既然左櫻大人這麼不安，那身為眷屬，當然要陪在妳身邊。」

「這、這樣好嗎？這樣對班長也太不好意思了吧……嗚嘻嘻。」

「左櫻大人，妳雖然表面上這麼說，但都已經忍不住笑出聲囉。」

「嘿嘿，最喜歡奈唯亞了。」

左櫻一改之前的愁容，露出心花怒放的神情抱了上來。

真是個好懂的傢伙，要是多展現這一面，說不定早就交到一大堆朋友了。

不過這對我的「ＬＳ任務」不利，我一定得極力避免這點才行。

「那麼，就讓我們繼續今天的火鍋會吧。」

左櫻將刀子取回，繼續切起菜來。

看著左櫻開開心心地準備起食材的背影，我悄悄地嘆了口氣。

算了，總是會有機會跟白鳴鏡私下見面的。

雖然很在意那些未解的問題，但現在最重要的還是不要讓左櫻流淚。

要不然就算我拚命完成了「ＬＳ任務」，最後報酬一毛錢都不剩，那也一點意義都沒有。

「啊！」

此時，我面前的左櫻突然驚呼了一聲。

「怎麼了？左櫻大人。」

「沒有，只是這洋蔥有點太辣了。」

轉過頭來的左櫻，兩行淚水就這樣流了下來。

「我果然不太擅長切洋蔥。」

——**任務獎勵扣除一億元**。

我的耳中響起了這樣的系統音。

等一下！這樣也算嗎！

運氣果然很差。

我竟然被洋蔥拿走了一億元，這大概是人類歷史上最貴的洋蔥了。

而且我本想遲些找白鳴鏡確認事情，但之後的八天，他就像是突然消失一般從學校蒸發了，就連我安裝在校內的竊聽器都沒發現他的蹤影。

該不會是他洩漏內部機密，被左家處理掉了吧？還是被敵人給暗中解決了？

時間不斷的流逝，這些天我只是不斷地和左櫻進行午餐會，過著平靜的校園生活。

很快地，再兩天就是「聖誕祭」，也就是左櫻的十六歲生日。

所有的疑問都沒解決，但是事態卻相反地，開始逐漸失控。

那是某天在學校的體育課時發生的事。

「待會上籃球課，請大家兩兩一組，開始進行傳接球。」

穿著體育服的左歌拿著哨子，黑眼圈越來越重。

本來的體育老師臨時請假，所以麻煩擔任導師的她前來支援。

她還真的是勞錄命。

班上的同學很快地就湊成對，但是有兩個人落單。

一個是左櫻，被大家稱為「異端公主」而敬而遠之的她，每當這種場合，總是會孤單一人。

而另一個落單的人，其實就是我。

不過這並不是我被大家排擠的關係，原因正好相反——

「奈唯亞要跟我組隊！」、「不，昨天她還跟我一起約會呢！」、「她昨天在我夢中和我結婚！已經是我老婆了！」

為了爭奪我，一群男同學吵成一團，有些甚至動起手來。

「喂。」

左歌靠在我身邊，悄聲問道：

「這些人迷戀你的程度很明顯不自然，到底是發生什麼事了？」

「妳以為我每天放學後都去做什麼了？為了『LS任務』順利，我可沒有閒著啊。」

只要男同學都傾心於我，那就不用擔心二年異班有人和左櫻告白。

但是，沒有任何感情是恆久不變的。

為了維持男同學對我的好感，我也得付出相應的努力才行。

「只要沒事，我就會定時的和班上的男同學逛街約會，有時甚至會一天和兩個以上的人一同出遊。」

「……」

「這樣晚餐錢都能省下來了，有時還會撒撒嬌讓他們幫我買生活必需品。每次約完會後，他們總是露出非常開心的神情，而我的荷包也被他們所拯救，可謂是雙贏。」

「雙贏？我怎麼看都是莊家通吃吧？」

「面對他們的告白，我總是會以『家中管很嚴，不允許學生戀情，你願意等我畢業嗎？』之類的話語推諉，讓他們一直抱著希望等下去。」

「……你這個惡女，總有一天會被人捅死。」

「我對自己的身手有信心，才不會被一個普通的男高中生打倒呢。」

我露出燦爛的笑容說道：

「而且若是真的發生這種事，我就能實行正當防衛把他打倒了，這樣還可以趁他昏倒時把他的錢包掏空，不是更好嗎？」

「嗚哇……我的面前有著不得了的人渣啊……」

左歌的面部微微扭曲，露出了鄙夷的眼神。

「不過……」

我用視線掃了一圈在場的同學。

「現在最讓我在意的班上男生，卻不在現場呢。」

「咦咦！你竟然有在意的人，是誰？」

「班長白鳴鏡。」

「……」

「真的好想念他呢。」

「…………」

「好想見他一面……」

實在有太多事想問他了。

「等一下，是我想的那個意思嗎？你跟他之間該不會有什麼特殊關係吧？」

「真要說的話應該算有吧。」

沉浸在思緒中的我，幾乎是下意識的回答左歌的問題。

「我們曾短暫交往過。」

「等等等等等——等一下！」

左歌雖然面無表情，但不知為何開始微微喘起氣說道：

「不管身為老師還是基於人類的良心，我都應該阻止這個進展才對，但是——」

——咕嘟。

左歌大吞了一口口水。

「女裝男子和爽朗帥哥……詳細希望！」

啊，這傢伙果然是隱藏型的宅女。

這些日子我偷看了一下她藏起來的漫畫，發現她幾乎什麼類型都看，BL、百合、後宮、逆後宮、異種族、觸手PLAY。

抱歉，我更正一下，她是什麼「18禁」的類型都看。

我以為身為「白色死神」的我已經看盡世界，殊不知我只是隻井底之蛙——左歌那極為大量的收藏，就是有過激到足以讓我自我反省的程度。

大概是壓力太大所以靠這種方式發洩吧？

但不管怎麼解釋，都無法改變她根本是個悶騷色女的事實。

比方說現在吧，不知道我已經發現了她的真面目，她什麼表情都沒有的閉上雙眼，正在放心地享受著腦中的妄想。

原來總是面無表情還有這個用途，那就是讓其他人不知道她已經沒救了。

「奈唯亞。」

此時，我的袖子一緊。

我轉頭一看，結果發現拿著扇子的左櫻不知何時走到我身旁，拉了一下我的袖子。

「跟我一組。」

可能是因為在班上同學的面前吧，她現在處於「左櫻公主」模式。

「可是——各位學長還……」

我以無辜和擔憂的眼神看著眼前的一團混亂，那些男同學的爭吵依然沒停止。

哈哈哈——就是這樣。

我在心中愉悅的大笑！

這情景真是太讓人愉悅了！繼續為我痴狂吧！

「你們這些無禮的傢伙。」

此時，左櫻突然往前踏了一步，以凜然的聲音說道：

「在體育課吵吵鬧鬧的，一點教養都沒有。」

左櫻的指責並不激烈。

但是也不知道她是怎麼做的，她的聲音清楚地響徹了整個體育館。

突如其來的責罵，讓二年異班的男同學停止了爭吵，有些傻眼地看著左櫻。

「奈唯亞要跟我一組。」

左櫻瞇細雙眼，以倨傲的目光掃了一圈後說道：

「應該沒人敢有意見吧？」

「…………」

被這樣威嚇，所有人都一言不發。

我身旁的左歌手扶著額頭，大嘆了一口氣。

「很好，這樣的靜默真是令人舒暢。」

左櫻點了點頭道：

「對了，以後奈唯亞都跟我一組，不容許任何人提出異議。」

左櫻強拉著我的手，走到體育館角落。

此時——

「有什麼了不起的。」

身後傳來了大家的議論聲。

「不過是個異端公主。」、「要不是靠著爸爸左獨，有人會理會妳嗎？」、「明明就是個連爸爸都捨棄的傢伙，要不然怎麼會被丟到二年異班？」

我有點擔心地看著身旁的左櫻，怕她因為這樣的中傷而哭泣。

「別在意，奈唯亞。」

左櫻露出落落大方的笑容說道：

「這種閒言閒語，我從小聽到現在，已經完全沒感覺了。」

是這樣嗎？

若真的毫不在意，妳為何又要和我在屋頂練習如何交朋友？又為何要這麼珍惜我這個「眷屬」？

「畢竟都是同一個班的同學，我不希望大家因為這種事傷感情。」

在任何人都看不到的體育館角落，放下扇子的左櫻露出了有些寂寞的表情說道：

「若只是討厭我就能阻止大家爭吵，那當然是件很划算的交易，反正本來就沒有人喜歡我。」

「左櫻大人……」

雖然做法笨拙至極，但果然骨子裡是個好女孩。

跟我這種暗中挑起爭端的人不同，坦白說我那時心中還在盤算以後要設立競標機制，讓這群人爭取和我約會的權利呢。

「而且，我第一次和朋友在體育課組隊呢，得好好享受才行。」

左櫻露出要是被看到一定會迷上她的笑容說道：

「之前體育課時，我對著牆壁傳接球一個小時，最後牆壁都被打出了一個球的凹痕呢。」

「妳都精準地打在同一個地方是嗎……」

雖然很厲害，但那情景怎麼想怎麼哀傷。

「放心吧，左櫻大人，接下來奈唯亞會好好陪妳的。」

「沒問題，我保證會竭盡全力，絕對不會放水的！」

左櫻拿著籃球，身上突然爆發出猛烈的氣勢！從她身上傳來的壓力，讓我不由得退了幾步。

「左櫻大人，只是體育課練習，不用這麼認真也沒關係的……」

「不，不管做什麼事，都得全力以赴，這樣才是對敵人的尊重。」

「我們不是敵人吧？」

無視我的話，左櫻右手舉起球，半側著身子高舉左腳過頭。

「等一下，左櫻大人，妳那是投棒球的姿勢——」

——咻！

籃球迅速地擦過我的臉龐，速度快到還在臉上留下了擦痕。

雖然不是無法反應，但現在身為奈唯亞的我，只能像個女孩子一般嚇得花容失色。

——砰！

「啊啊啊啊啊啊————！」

身後傳來了重物打到人的聲音以及慘叫聲。

「左歌老師妳還好嗎！」、「快叫救護車！她已經口吐白沫和翻白眼了！」、「明明暈倒了，為何左歌老師妳還要下意識的雙手比剪刀手啊！」

我實在不敢回頭看身後發生了什麼事。

「真是的，奈唯亞。」

左櫻微微嘟起嘴說道：

「妳怎麼沒接好，這樣就不叫傳接球了。」

「不，那個一般人接不住的。」

籃球已經徹底轉型成躲避球了。

「有哪裡不對嗎？左歌的籃球漫畫不也是這麼說的嗎？」

左櫻歪著頭，疑惑地說道：

「『左手只是輔助』，所以我剛沒有用左手啊。」

「……」

只用單手就有這種力道嗎？

雖然常常被她殘念的言行而誤導，但她果然是左家的繼承人，在各方面都有著十分優異的表現。

還是說，是她身上的魔法給予她的肉體強化？

「話說妳不擔心一下左歌表姊嗎？」

「嗯？她可是我的專屬女僕耶。」

左櫻搖了搖手笑道：

「小時候的她其實比我還厲害的，根本不需要擔心她。」

「小時候？」

「五歲時，她跑步和爬樹都比我快多了喔！」

「…………」

那也太久以前，就我看來現在的左歌跟普通人沒兩樣，體能甚至比常人還差。

「聽好囉，左櫻大人……」

為了不讓犧牲者再度出現，我手把手教導左櫻正確的傳接球。

「左歌老師！振作點！」、「呼吸停止了！誰來對她CPR！」、「不要！我還沒跟奈唯亞接吻過啊！我才不要把初吻獻給老師！」

無視身後的騷動，左櫻開心地和我進行著傳接球。

「謝謝妳，奈唯亞。」

左櫻露出有如小孩子般的幸福笑容。

「能有妳這個『眷屬』，不，能有妳這個朋友，真是太好了呢。」

看著那天使般的微笑，我也露出了笑容。

——你都不覺得你自己很卑鄙嗎？

額頭上的彈痕隱隱作痛。
但是我的心別說罪惡感了，根本連一點感覺都沒有。
很好，即使過著平穩的日常，我依然沒有改變。
我還是那個卑劣的白色死神。
「……奈。」
此時，耳中突然傳來了一個熟稔的聲音。
「奈唯亞。」
我一邊假裝沒事的傳接球一邊側耳仔細傾聽，結果發現了那是白鳴鏡的聲音。
「我知道妳有在學校裝竊聽器，所以妳應該聽得到我說的話。」
失蹤一星期的白鳴鏡，不知為何突然以這種方式給了我訊息。
我的心中起了不祥的預感。
「左獨大人豎立了不少敵人，這些敵人在最近聯合起來，成立了『右』。」
白鳴鏡的聲音聽起來有些虛弱，就像是受了傷後，拚了命地走到了五色高中。
「他們想要趁著『聖誕祭』時實行大規模的暗殺計畫，我們本來以為是如此的——」
使盡最後一絲力氣，白鳴鏡艱難地說道：
「但是我們錯了！他們早已開始行動——沙沙沙沙沙沙！」
大量的雜訊突然湧入！刺耳的聲音就像刀子一般在我腦袋深處挖掘。
「嗚……是誰？竟然進行通訊干擾……」
「聽好囉！奈唯亞——沙……他們請了一個不得了的人物，沙——那個人就是——

沙沙沙沙沙沙——」

混亂的通訊終於完全蓋過了白鳴鏡的聲音，受不了雜音的我，也趁這時把耳中的通訊器拿了出來。

「左櫻大人！躲在我身後！」

我將搞不清楚狀況的左櫻拉到我身後。

幾乎就在同一時刻，一顆籃球突然飛到我面前，我反射性的用雙手接住。

但就在這一瞬間——

金屬的光芒從這顆籃球乍現。

接著的一切，彷彿變成了慢動作。

我看到一根尖銳的金屬針刺穿籃球，緩緩地朝著我的雙眉之間進逼！

籃球中怎麼會有針？

想必是在擲出籃球後，再擲出這根針吧？

針刺進籃球後，兩者併為一體，以同樣的速度前行。

在我止住籃球後，針卻沒有跟著停止。

襲擊者知道我會接住籃球，於是先用籃球限制我的雙手。

剩下的銀針依照原本的慣性，刺穿了籃球的表皮，向我直撲而來。

在此電光石火間，任何閃避都是徒然的。

針的頂端觸及我的額頭，冰冷的針尖刺進我的瀏海和化妝，抵達了彈痕上。

——噹！

一聲清脆的金屬聲響從我額上響起，彈開了細針。

這個暗殺很高明，就連我都沒躲開。

但是自從被人用子彈貫穿額頭後，我就在傷口下埋了一小片金屬片。

「奈唯亞！妳怎麼了！」

終於察覺異狀的左櫻大叫，抱住因為衝擊力而後仰的我。

「別管我！快、快逃！左櫻大人！」

「妳怎麼流血了！」

左櫻的關心，照理說我應該要感謝，但此時她反而成了我的束縛器。

只要她看著我，我就只能當個柔弱的奈唯亞。

「可惡，到底是誰將我的奈唯亞打成這樣！」

左櫻不斷四處張望，但她其實根本就不用尋找。

——因為敵人不知何時，已無聲無息地站在了我們面前。

「怎麼會……」

當看到襲擊者的面貌時，即使是我也動搖無比。

中等身材，白色的頭髮和深邃的五官。

穿著五色高中男生制服的他，以和我一模一樣的聲音說道：

「我是『白色死神』海溫。」

他對著我和左櫻舉起了槍。

「奉『右』家之命，前來取你們的性命。」

他的手毫不猶豫地扣下扳機。

我看著火光從槍口發出，子彈呈螺旋狀向前飛行。

要是平常的我，肯定能在他開槍之前阻止他，就算是已經開槍，我也能輕易列出反制他的十種方法。

但現在的我是奈唯亞，什麼都無法做。

就算閃開，也會打到身後的左櫻。

要度過這個危機，只能賭上一把了。

「別想傷害左櫻大人！」

我挺身擋在左櫻面前，雙手大張。

絕對不能有任何一絲差錯，只要差了零點一公分，等待我的就是死亡。

將角度、速度以及其他要素輸入腦中。

就像是要迎接子彈一般，我用額頭的彈痕迎上襲來的子彈——

——噹！

利用額頭內的金屬片，我極其勉強彈開了子彈。

但子彈的衝擊力還是震得我頭暈目眩，只能不支倒地。

「快、快逃……」

額上的舊傷痕變得更深了。

倒在地上的我，眼前的視野不斷搖晃。

為了我的計畫、夢想、一百億，妳必須快逃。

「奈唯亞！」

左櫻抱著地上的我，並沒有聽從我的建議逃開。

「竟敢、竟敢傷害我的朋友——！」

她瞪著眼前的「海溫」，雙眼流下了淚水。

——**任務獎勵扣除一億元**。

「我絕不原諒你！」

左櫻拿起一直帶在身邊的魔法杖。

「等一下……左櫻大人……」

要是魔法又失控怎麼辦？

「不要……這麼做……」

我抓著左櫻的衣袖，但被憤怒支配的她已聽不見我的話。

「熒惑在上，以七為數，奉南為方，祝融朱雀聽我號令——」

隨著她的詠唱，她頭髮上的櫻花髮飾亮出了熾熱的光芒！

「『火炎術』！」

我感到一股龐大的熱量從底下竄了上來，紅色的火焰在這瞬間填滿了我的視野。

下一刻，體育館爆炸了。

第五章

要是連裝死都不會，當個隨扈是活不下去的

剩餘報酬：94億

爆炸的隔日。

「五色高中的體育館突然發生爆炸。」

此時正是晚上，病床旁的電視，正播放著昨天下午的爆炸新聞。

「好在當時左獨的『親衛隊』正好在附近，馬上進行救災，二年異班的學生雖然多數受了輕傷，但奇蹟的沒有出現任何重傷者。」

在爆炸之後，一群穿著黑西裝，胸上別著「左」之徽章的人衝了進來，將我和其他受傷的學生送到了五色高中內的五色醫院。

多虧如此，意外造成的後果並不嚴重。

「爆炸發生的原因尚待釐清，但初步研判是地底的天然氣管爆炸。」

不幸中的大幸是，我們跟假海溫的搏鬥只不過是一瞬間。

因為被左歌的意外吸引，除了我和左櫻之外的學生，都沒有注意到這場異變。

並沒有人知道體育館爆炸是左櫻魔法失控的結果，所以在左獨的操作下，此事以設備老舊之類的藉口進行了掩飾。

但是——

——**任務獎勵扣除一億元。**

——**任務獎勵扣除一億元。**

——**任務獎勵扣除一億元。**

在那之後，左櫻在無人之處似乎哭了好多次。

就算沒親眼看到，耳朵中的扣除通知也會提醒我。

「而且從昨天起，校內就不斷的被不明電波干擾。」

害我裝在校內的竊聽器全數失效，無法得到新的情報。

「果然……沒有任何一場任務是簡單的。」

明天就是「聖誕祭」，也是左櫻的生日了，而我什麼都沒解決，只能被迫躺在這邊。

我不由得大嘆了一口氣。

在左櫻和左歌的安排下，我住進了豪華的單人病房，但其實我早就沒事了。

雖然當時我滿臉是血看起來很恐怖，但傷口並沒有很深。

在「白色死神」時代，我可是被砍斷過手，然後自己在無麻醉的狀態下縫合起來呢。

不過既然有人要給我免費的病房住，那我當然欣然接受，也順道能一個人靜靜思考事情。

「雖然知道敵人是『右』，但現在未解的問題堆積如山。」

左櫻的魔法為何失控？

「LS任務」的真意是什麼？

為何有人假冒「白色死神」之名？

「而且，最重要的是……」

我該怎麼平撫左櫻的心情呢？

看到我因為她而倒下，似乎給她很大的打擊。

要是再這樣下去，我的任務獎勵就會扣光了。

「嗯……用收買的，不對，她不可能被錢收買，用魅惑術——也不對，她也不可能被我魅惑，那麼，抓住她的弱點威脅她呢？這似乎也不可行……雖然她的弱點很多，但這只會弄哭她而已。」

我左思右想，卻什麼辦法都沒想出來。

我用手搔了搔頭，總覺得心中很煩亂。

「咦？」

此時，我意識到了某種不對勁。

但就在我沒想清楚那是什麼時，一道敲門聲響了起來。

「奈唯亞？」

左櫻的聲音從門外響起，讓我的心漏了一拍。

「妳醒著嗎？」

感到緊張的我以最快的速度躺回了床上，佯裝睡著。

等到我躺平且閉上雙眼後，我才困惑我為何要這麼做。

「那……我進去囉？」

左櫻打開了門，緩緩走到我旁邊。

我將雙眼睜開一條縫隙，讓自己能偷看她的神情又不被她發現。

左櫻的雙眼浮腫，臉上帶著淚痕，不知暗中哭過幾次了。

「奈唯亞……」

看到我頭上綁著繃帶的樣子，左櫻忍不住又落下淚來。

——任務獎勵扣除一億元。

「抱歉，都是我的魔法害的。」

左櫻輕撫著我的臉頰，向我低頭道歉。

「從以前到現在都是如此，只要我使用魔法就會造成意外，一想到我差點殺了班上同學，我就、我就……」

溫暖的淚水不斷滴落在我臉上。

可能是不想吵醒我吧，左櫻趕緊拿懷中的手帕將其擦掉。

現在是個好時機，我應該趁這時起身，然後安慰她。

但是不知為何，我沒有這麼做。

「十年前也是如此，我也是用魔法害了母親。」

就著窗外灑落的月光，左櫻不斷對著我這個虛假的「眷屬」，說著對誰都沒說過的過往回憶——而那是我一直想要知道的「魔法意外」。

「我不是曾跟妳說過，我有一個想見的人嗎？那個人就是我的母親。

「在我小時候，我的母親就為不明的病症所苦，一直臥病在床。從我有印象以來，我和母親就是在醫院中碰面，而且每次的會面，就只有五分鐘。

「起初爸爸還會陪我去，但是隨著日子過去，會造訪母親病房的只剩下我。那時的我只有五歲，但周遭已經開始出現一些神祕現象，例如瓦斯爐的火突然點燃，或是身體四周的物品無預警的飄浮起來。

「現在回頭一想，或許那時我的『魔法』就已經開始覺醒，但年紀尚小的我並不清楚這代表著什麼意思，還以為是誰都會使用的力量。

「每次見面時，母親都會跟我說：『我的病快好了，再等一下』，但每次去病房，母親的臉總是越來越蒼白，氣色也越來越差。

「我總是以欽羨的目光看著別人的爸爸和媽媽，然後心生疑惑，為何其他人都有家人陪伴，我的身邊卻什麼都沒有。我想要和雙親一起出遊，想要一起吃飯，想要一起玩樂——我有很多想跟他們做的事。

「於是，在十年前的『聖誕祭』，也就是我六歲的生日時，我跪在地上雙手合十，以真摯無比的心情，對著眼前的聖誕樹許下了願望——

「『希望聖誕祭能出現奇蹟，讓母親再也不受病魔的折磨』。」

「就在我說出願望的那刻，頭髮上的櫻花髮飾亮出了光芒。

「那是我第一次使用魔法。也是我最後一次看到母親。

「總是造訪的母親病房變得空無一物，什麼痕跡都沒留下。

「母親就這麼消失了，就像被世界吃掉，即使動用了整個左家的力量也找不到她。

「從那天起，父親幾乎不曾出現在我面前。就算偶有碰面，也只是冷冷掃我一眼，連一句話都不肯跟我說。

「我所許下的奇蹟確實地發生了，母親再也不受病痛折磨。只是，是以她的存在做為代價。」

左櫻的聲音很輕也很平靜。

但是魔法意外的真相實在太過驚心動魄，讓我有種她正在嘶吼的錯覺。

「奈唯亞，妳知道嗎？雖然我會詠唱和練習魔法，但其實我身上的魔法，其源頭都是一樣的，那就是——

「只要是我的願望，那就必定會實現。

「而且，最糟糕的是，我不能控制願望完成的過程。」

就算是用完全違背左櫻期望的方式，願望也會實現。

「在『魔法意外』後，我不斷地祈求母親回來，但是一點用都沒有。」

與其說左櫻的這個是魔法，不如說更像是與惡魔的交易。

「我的願望必定會實現，所以我猜想，我的母親一定會回來，但時間不知是何時，可能是一年後、五年後或是十年後，也可能是等到我死去的百年後。」

永無止境的等待，就連會不會重新見面都不知道。

「若是在誰都不認識的未來歸來，那母親也太可憐了，所以我拚命地練習魔法，想要控制身上的力量。這十年來，不管遇到什麼事，我的魔法練習都不曾停止過，也查看了很多古籍和特異傳說，但那對我一點幫助都沒有。」

左櫻看著自己的雙手，就像害怕什麼，她的手不斷輕微顫抖。

「我完全無法控制身上的力量，不管是有意還是無意的，它的失控都對我四周的人事物造成了影響。」

就像是在告解，左櫻細數著她所造成的一切。

「被我十年前施加的『魔法』影響，每次『聖誕祭』都出現了奇蹟。」

不斷顫抖的雙手緊握了起來。

「因為期待母親痊癒，於是母親消失了；因為期待朋友出現，於是妳的心被我扭曲了；因為想要從敵人手中拯救妳，於是差點殺了整個班上的同學。」

——任務獎勵扣除一億元。

「打從一開始，我就不該期待任何人的陪伴。」

大量的淚水從左櫻眼中滑落。

「為了不傷害到其他人，我應該……不，我只能孤獨一人。」

左櫻舉起了手中的魔杖，對準了我。

「我不知道當初我是怎麼將妳變成『眷屬』的，但是沒關係。」

左櫻頭上的櫻花髮飾，發出了刺眼的光芒。

「只要是我期望的事，那就必定會實現，我即將許下的願望，就算失控也沒關係。」

一陣溫暖按上了我的手，握住我手的左櫻露出了溫柔的笑容。

「奈唯亞，妳自由了。」

髮飾的光芒越來越亮、越來越亮，就像是要將我們兩人至今為止的經歷都吞沒一般。

「忘了我們曾經經歷的一切時光，從今日起解除主從契約，我不是妳的主人，妳也不再是我的『眷屬』。」

彷彿想在最後將我的存在印在心中，左櫻握著我的手收得很緊，緊到連身為白色死神的我都感受到了那股幾乎要承受不住的疼痛。

「再見了，奈唯亞。」

在溫潤的月光下，帶著淚的左櫻露出了笑容說道：

「謝謝妳救了我，也謝謝妳這段時光的陪伴。」

覆蓋住我手的溫暖悄悄抽離，消失不見。

「雖然只是虛假的關係，但是能和妳短暫成為朋友——

「是我這輩子第一次感謝我身上的魔法。」

深夜的病房中，我再度恢復了孤身一人。

我坐起身，從窗外看著左櫻離去的背影。

此時，我終於明白在左櫻來訪前，我的心為何感到紊亂。

這些年來，身為「白色死神」的我經歷了無數的地獄和危機，我以為我已經無所不能。

我能化裝成任何人，也能完成誰都無法達成的任務。

只要我願意，我甚至可以殺掉任何目標。

我之所以可以做到如此，是因為我不擇手段。

只要不在乎他人的看法和心情，那做事當然會方便許多。

但是左櫻讓我察覺了。

我沒有朋友、沒有家人、沒有戀人。

一直以來都是孤身一人的我，沒有任何可以稱得上親密的存在。

所以，誤以為什麼事都辦得到的我，終於在此時此刻，發現了自己是多麼愚蠢和自大。

因為——

「我不知道……怎麼安慰一個女孩子……」

我的利己，讓我從沒有珍視過他人。

我的無恥，讓我從沒有暴露過真心。

我的卑劣，讓我從未擁有真正想要守護的對象。

所以在左櫻進來病房時，我逃避了。

不只無法跟她對談，我甚至不敢直視她的雙眼。

「真是太可笑了。」

我終於發現了一件我早該發現的事。

——任務獎勵扣除一億元。

身為傳說隨扈的我，竟連怎麼阻止一個女孩子流淚都不明白。

「奈唯亞！」

此時，我的病房突然「砰」的一聲打開了！穿著女僕服的左歌闖了進來。

「什麼事？」

我少見的以煩躁的語氣說道：

「我現在心情不好，沒有重要的事不要吵我。」

「快逃！」

「妳沒頭沒腦的在說什麼？」

「總之快逃就是了！」

可能是第一時間就以最快速度跑過來的關係吧，左歌上氣不接下氣。

此時，我聽到了病房外的遠處傳來了紛沓的腳步聲。

「是『右』家的敵人嗎？正好。」

現在這邊沒有其他人，我剛好可以不用顧忌別人的眼光，藉著盡情大鬧一場來疏解心中的煩悶。

「看我把假海溫給痛揍一頓，竟敢假冒我的名字，我要讓他見識到何為地獄。」

「不是敵人！」

手扶著牆壁喘氣的左歌，大聲向我說道：

「來的人是『左』家的『親衛隊』！」

「咦？」

「你雖然說對方是假的，但是誰能證明你才是真的『白色死神』呢？」

左歌說得對，因為對象是自己，讓我有了盲點，從旁人的角度來看，確實無法判斷誰是真貨。

「明天是『聖誕祭』，親衛隊收到右家要進行暗殺的情報，所以左獨當家決定先將你關起來。」

左歌將我從床上拉起身。

「我得到消息就跑來通知你，雖然你受傷不一定能行走，但只要我來了，就不用擔心任何事——嗚呃！」

想要背我的左歌因為體力不支，雙膝直接「砰」的一聲跪倒在地。

沒料到會有這種發展的我，就這樣被她以過肩摔的方式摔了出去！

——砰！

我以頭下腳上的姿勢，重重的撞到了病房的牆壁上！

「……」

「……」

一陣沉默的尷尬瀰漫在我們之間。

「剛剛……我記得有人是這麼說的？」

躺在地上的我瞇細雙眼說道：

「只要妳到了，就不用擔心任何事？」

「這裡就交給我吧，我會擋住他們的。」

左歌保持著一貫的撲克臉，裝作什麼事都沒發生地說道：

「你快走，醫院一樓我已經安排人接應你了。」

「……我回來再找妳算帳。」

我站起身，跑到了窗戶邊。

雖然這裡是十二樓，但對我來說不是問題。

「對了，臨走前我想問妳一個問題。」

攀在窗格上的我，問著身後的左歌：

「為何即使違抗左家的命令也要幫我呢？」

誰都不知道真正的海溫是誰，換作是妳，想必也不知道我是誰吧？那麼，妳幫助我的理由是什麼呢？

「因為我是你的副手，為你盡心是當然的——」

「說實話。」

「……因為你讓大小姐露出了久違的笑容，所以我決定幫你一把。」

「不只這個原因吧？」

「……」

「幫我的主要理由是什麼？」

「…………」

猶豫許久後，左歌面無表情地偏過頭說道：

「要是妳被抓走，那妳身上的衣服和內衣，我不就再也拿不回來了嗎……」

「妳就這麼喜歡男人穿過的衣服和內衣嗎……」

「別把我說得好像變態一樣！我只是想要回我原本失去的東西！」

「原本就沒有的東西，是無從失去的喔。」

「你在暗示什麼！你是在暗示我原本沒有什麼！」

左歌一把揪住我的領子。此時，外頭那雜亂的腳步聲更近了。

「總之現在不是胡鬧的時候了，快走吧！」

左歌放開雙手，不斷推著我的身體，催促著我快走。

我順著她的力道，往窗戶外的深淵躍去。

此時——

像是刻意挑在分離的瞬間這麼說，我身後傳來了左歌的聲音。

「坦白說，就算你是假的海溫，我還是會選擇幫助你吧。」

我在空中翻轉身子，結果看到了左歌的臉頰，染上了些許黑暗也遮掩不住的羞紅。

「雖然這樣說很奇怪……但總覺得你跟我很像，有種光是為了生活就必須拚盡一切的無奈感。」

就像我從她身上感受到了同類的氣息，左歌似乎也和我有了一樣的念頭。

「所以——」

左歌露出淺淺的微笑，對我舉起了拳頭。

「祝你武運昌隆，奈唯亞。」

我不由得露出笑容。

即使不斷向下墜，但我依然高舉拳頭，回應左歌的祝福。

靠著手中的鋼索消緩下墜力道，我平安抵達了醫院一樓。

「奈唯亞，往這邊走！」

當我落地後，醫院的樹叢旁馬上傳來了白鳴鏡的叫喊。

——**「妳快點走，醫院一樓我已經安排人接應妳了。」**

原來左歌說的人是白鳴鏡啊。

「現在身體如何？走得動嗎？需要我背妳嗎？」

白鳴鏡向我伸出了手。

「沒問題。」

我握住他的手，跳到了樹林中。

「很好，沒時間了，為了不被抓到，請妳跟緊我。」

白鳴鏡毫不猶豫地向前跑著，我則跟在後面。

「你之前都跑去哪裡了？」

「我突然被『親衛隊』徵召，在學院外巡邏，還和『右』的人馬交手了幾次。」

白鳴鏡的打扮與平時的制服不同，就和「親衛隊」一樣，他穿著黑色西裝，左邊胸膛別著「左」之徽章。

「現在狀況如何？」

「『右』尚且沒有大動作，但因為明天就是聖誕祭的關係，大量的遊客從『雙』之島外湧入，我們無法掌控到底有多少右家的人混了進來。」

白鳴鏡皺了皺眉頭，露出有些複雜的表情說道：

「『右』雇用了很多殺手想要暗殺左獨大人，而率領這些殺手，也是其中最為知名的，毫無疑問的是名為『白色死神』的海溫。」

我沒想到竟然有人會冒用我的名字。

不過仔細思考，這或許意外是個不錯的主意。

因為我總是變裝的關係，沒人知道白色死神的真正樣貌。

任何人都可以偽裝成我。

之所以到現在都沒發生過這種事，單純是因為這同樣也是一件很危險的行為。

白色死神巨大的名氣，會引來難以處理的委託和數不盡的威脅。

要是不具備相應的實力，那麼假冒遲早會被拆穿，也會面臨生命危機。

「坦白說，我覺得『右』這個暗殺計畫很奇怪。」

雖然臉上掛著微笑，但白鳴鏡的眉頭皺了起來。

「怎麼說？」

「先不論他們能不能成功暗殺左獨大人，但就算成功又如何？」

「你的意思是……？」

「殺了左獨大人，還有左櫻小姐能繼承『左』。」

「那把左櫻大人也殺掉呢？」

「就算『左』的血脈斷絕，左獨大人也安排好了其他人繼承，再怎麼樣，『右』都不會得到任何好處。」

「說不定他們不要好處，只是想報復左當家？」

「這也是有可能的……但我覺得不是。」

白鳴鏡搖了搖頭接著說道：

「『右』的組成，多數是『左』商業上的敵人，他們不會做毫無回報的事。」

「嗯……」

也就是說，「右」的目標，不僅僅是暗殺？

「而且，出現在我們面前的『白色死神』，我認為也是假的。」

「喔？」

他的話讓我十分意外，差點停下腳步。

「你是根據什麼下了這個判斷？」

「因為我曾見過真正的白色死神。」

「……」

「雖然那已經是很久以前的事了，他的樣貌也應該變得完全不同，但是我就是知道，那個襲擊你們的人，應該不是白色死神才對。」

我以前見過白鳴鏡嗎？

我試著回憶了一下，卻發現怎麼努力思考都沒有頭緒。

至今為止完成的任務實在太多，見過的人更是不計其數。

要從其中挖出和白鳴鏡之間的回憶，就像是在大海撈針一樣。

「到了。」

一直帶我往五色高中深山中奔跑的白鳴鏡，來到了一個我再也熟悉不過的地方。

「這裡是……」

左櫻練習魔法的地方——魔法之森。

「左家的人，應該不會想到我們會在這時候來到這兒才對。」

白鳴鏡摸著之前因為魔法而燒焦的樹。

「而且，我也能在此向妳揭發左櫻小姐魔法的祕密。」

「『魔法』的祕密？」

「沒錯，我等待許久，終於等到了這個機會。」

突然地，白鳴鏡在我面前單膝跪下。

「嗚哇！你在做什麼！」

「一開始就說過了，我有事要拜託妳。」

「即使不這麼做，奈唯亞也會聽你說的。」

我想要將白鳴鏡扶起來，但是固執的他文風不動。

「身為男人，我無法用雙膝跪下展現誠意，請允許我用這種半吊子的方式拜託妳。」

「到底是什麼事，這麼慎重其事。」

「請將『魔法』的真相告訴左櫻小姐！」

隱隱約約地，我心中起了不妙的預感。

總覺得我不自覺地觸碰到了問題的核心，正要知道什麼不得了的事實。

「我因為『親衛隊』的身分，知曉了『魔法』為何。」

「姑且不論真正的『魔法』是什麼……」

我提出了理所當然的疑問。

「既然你知道，那你直接跟左櫻大人說不就好了？」

「身為『親衛隊』的我，一直都被監視著，我的行動受到了嚴重的限制，只要試圖接近左櫻小姐，想必一定會被發現吧，而且……並不是告知真相，事情就結束了。」

「什麼意思？」

「需要一個不是左家之人，和左櫻小姐十分親近，又值得信賴的人。」

他的頭深深低下。

「所以，我只能拜託妳了。」

姑且不論我值不值得信賴，但在左櫻身邊，我的確是唯一一個外來者。

「……左櫻的『魔法』中，究竟隱藏著什麼祕密？」

「請仔細看看這片森林吧。」

白鳴鏡維持單膝跪下的姿態，向身後的森林比著手勢。

「只要就近觀察，妳就能發現左家一直隱瞞的事情。」

雖然還有些許疑惑，但是我還是聽從他的話，開始巡視起魔法之森。

「咦？」

發現森林中隱藏的事物後，我因為過於驚訝而發出了驚嘆聲。

「這個也是……那個也是……」

震驚無比的我，轉過頭去向身後的白鳴鏡進行確認。

「等一下，鳴鏡學長，這些東西存在此處，不就代表——」

「沒錯，正如妳所想。」

白鳴鏡點了點頭，肯定了我的猜測。

「為何左櫻小姐只在這片森林練習魔法？為何她使用魔法時頭上的髮飾會發光？為何魔法生效時，『親衛隊』會透過髮飾聽到她的聲音？」

站起身來，白鳴鏡摸著胸前的左之徽章。

「當看到這一切後，想必奈唯亞妳應該能察覺，『左』究竟做了什麼吧？」

我不斷回想之前觀看左櫻練習魔法時的情景——

——就像是被炸彈炸到，左櫻面前的樹全數飛了起來！

但此時我發現了，每棵樹裡頭，都埋著一根小型的炸藥。

「這就是……『火炎術』的真相。」

——水構成的槍突破了堅硬的泥土地，無數的噴泉從地底湧出，接著化作了無數水珠從天而降！

「土中埋著噴水頭，只要遠端操控，強力水柱就會貫穿泥土，從中噴灑而出。」

這就是「水槍術」成型的原因。

——以左櫻為中心的半徑十米處，地面開始產生了細微的震動。

我不斷挖掘泥土，想要搞清楚「土鳴術」是如何做到的，但沒挖多久，我就因為過於堅硬而停止了動作。

我仔細一看，結果發現土裡埋著無數根鐵管。

「原來如此，使這些鐵管高速震動，就能把表面凹凸不平的土晃成平緩的模樣。」

只要想通一處後，接著的事就能很快地明白。

之所以可以打開屋頂的鎖，大概也是因為鎖頭設定成只要感應到左櫻的咒語，就會自動開啟。

至於體育館的爆炸案，就跟火焰術的把戲一樣。

僅僅是將事先裝在體育館底部的炸彈引爆而已。

真是太諷刺了。

我曾有這麼一瞬間，覺得左櫻真有著神祕的力量。

但是我錯了，就跟我的「眷屬魔法」一樣，這些魔法全都是——

「全都是假的。」

白鳴鏡以肯定的語氣，將我心中的推論說了出來。

「左櫻小姐完全沒有『魔法』，這一切都是『左』家所製造——人為的虛假幻像。」

「所以在她吟唱魔法時，她頭上的竊聽器才必須開啟嗎？」

「沒錯。」

撫摸著胸前的左之勳章，白鳴鏡說道：

「只要知道左櫻小姐即將使用魔法，『親衛隊』就會靠著髮飾中的定位器鎖定她的位置，並依照聽到的魔法內容，不擇手段地達成她所期待的願望。」

難怪在體育館爆炸後，「親衛隊」能馬上抵達現場。

左櫻的附近，大概都一直潛藏著一群人，以應不時之需吧。

靠著事前的準備和眾人的力量，造就了這種彷彿「魔法」的現象。

「但是，為什麼左家要這麼做？」

這麼做的好處在哪裡？

甚至不惜引爆五色高中的體育館。

要是一個弄不好，大量的死傷就會發生。

「而且若左櫻大人的『魔法』是假的，那麼十年前的『魔法意外』根本就不可能發生吧？」

因為緊張而感到喉嚨乾渴的我，聲音不由得大了起來：

「如果根本就沒有『魔法意外』——」

「那左櫻的母親究竟消失到了哪裡？」

一陣夜風在此時吹過，讓我不禁打了個寒顫。

白鳴鏡靜靜駐立在漆黑的夜晚，什麼話都沒有回答我。

一直掛在他臉上的微笑不知何時收了起來。

「以下是我的推測，但這僅僅是推測而已。」

白嗚鏡咬著下嘴唇，艱困地說道：

「大概……左櫻小姐的母親在十年前就因病而死了。」

「……」

「左獨大人為了隱瞞這件事，於是假造了『魔法意外』。」

「你的意思是……為了不讓那時只有六歲的女兒受到喪母的打擊，於是以『魔法』做為藉口，讓她誤以為母親只是暫時消失？」

「是的，而且可怕的是，謊言會誕生更多謊言，當第一個『魔法』成功後，之後的所有『魔法』都必須完成。」

要是有任何一個魔法沒有成功，那就會被左櫻發現不對勁。

「所以，左獨對我們親衛隊下了命令──『不計代價、不論方法，成就左櫻的魔法吧。』」

即使會大量殺人，即使會讓左櫻孤身一人。

左獨依然將「魔法」的外皮披到了左櫻身上，遮蔽住了真相。

「所以，奈唯亞，我只能拜託妳了。」

白嗚鏡再度向我低下了頭說道：

「請將一切告訴左櫻小姐吧。」

左櫻被困在「魔法」這個謊言中。

要是繼續在裡頭生活，那麼她將喪失與他人來往的機會，不斷將時間耗費在練習和研究魔法上。

但若是我將「魔法」拆穿呢？

等在她面前的依然只有悲劇。

她的母親早已死去，而她為了無可挽回的事實，毫無意義的孤獨了十年。

擺在她面前的，不管哪條都是可怕的死路。

一條是永遠虛假，沒有終點的路。

另一條則是發現過去所走之路全是謊言，必須完全否定自己的路。

「你為何要冒著風險和奈唯亞說這些？」

此時，我突然想起了白鳴鏡之前想要和左櫻告白的事。

或許，他是喜歡左櫻的吧。

所以才為她如此盡心盡力。

「因為要是再不告訴她真相，一切就要來不及了。」

「什麼意思？」

「奈唯亞，妳認為人的記憶可靠嗎？」

「當然不可靠。」

在大腦科學的領域，有針對記憶做出研究，只要在一個月後，人類的記憶就會只剩下原本的「兩成」。

「左櫻小姐和母親的最後一次見面在十年前，就算左櫻小姐再優秀，她也已淡忘自己母親的樣貌。」

「那又如何？」

「左獨大人一直在等待這一刻——等待左櫻小姐十六歲生日的到來。」

心中的警報再度響起。

眼前的視野因為緊張而縮小，呼吸也不由得急促起來。

長年在生死關頭磨練的直覺，讓我預感自己即將聽到一個可怕且不可理解的大陰謀。

「每年『聖誕祭』會發生的『奇蹟』，其實一切都是為了今年的事前鋪陳。」

白鳴鏡指著地上那些魔法殘留的痕跡說道：

「左櫻小姐的『魔法』是假的，那麼可想而知，『聖誕祭』的『奇蹟』也是人工製造。」

「也就是說，去年的獨角獸也是你們『親衛隊』搞的鬼？」

「沒錯，說穿了那其實也沒什麼，只是找很多白馬，然後將角黏在馬的頭上，並讓人看到而已。」

「那帶來的好運呢？」

「只要從目擊者中篩選適合的操作對象即可，暗中讓缺錢的人拿到會中獎的彩券，偷偷注射左家特製的藥給生病者，以及安排各種浪漫的邂逅給對彼此有好感的人。」

「真是大費周章啊。」

「只要不斷發生『奇蹟』，『奇蹟』就會變得逐漸可信，不管發生什麼事都不會有人懷疑，而今年的『奇蹟』——」

「是讓左櫻小姐的母親死而復生。」

「…………………………你說什麼。」

過於跳脫常識的言論，讓我腦子停了一秒。

「尋覓和左櫻母親長得相像的女子，再經過十年的打磨，將相關的記憶和言行輸入到她腦中，左獨計畫在今年的『聖誕祭』時，讓失散十年的母女重逢。」

「等一下，這也太誇張了吧？那根本就不是左櫻真正的母親啊！」

「但是只要知情的人不說，誰也不會發現。」

白鳴鏡咬著牙說道：

「深信自己有魔法之力的左櫻，將會開心地抱著重新歸來的母親，從此過著幸福又開心的日子——即使那一切都只是左獨大人製造出來的假象。」

這真的太瘋狂了。

為了隱瞞母親的死訊，不讓女兒傷心，左獨竟做到這種程度。

雖然這是跟我無緣的東西，但我第一次感受到了。

一個人的愛竟能如此沉重，沉重到讓人驚懼。

「所以，奈唯亞。」

白鳴鏡再次深深低下頭向我懇求道：

「請妳告訴左櫻小姐真相吧，要不然等到『聖誕祭』的奇蹟發生，一切就已來不及了。」

——要是大小姐落一次淚，完成任務的獎勵就扣「一億元」。

此時，我想起了左歌曾跟我說過的話。

要是我將真相告知左櫻，想必左櫻一定會落淚吧？

但若是選擇什麼都不說，那就誰都不會悲傷。

就算左櫻必須抱著有如幻影的母親過活，那又如何呢？

這跟我一點關係都沒有。

虛假的幸福只要不發現，跟真正的幸福並無不同。

我只要能完成「ＬＳ任務」，拿到剩餘的報酬就好。

那麼，我該怎麼做？

該用什麼藉口敷衍白鳴鏡，告訴他我毫無辦法——

「——到此為止了。」

一道富含力量的聲音突然在我身後響起，打斷了我的煩惱。

我和白鳴鏡轉身一看，只見我們不知何時已被一群穿著黑西裝的人團團包圍。

「怎麼會……」

看到「親衛隊」現身，白鳴鏡面露驚訝之色。

即使我因為魔法的真相而驚訝，我也不可能沒發覺這麼多的人靠近。

這個答案只有一個——他們早就知道我們會來這邊，並在這邊設下了埋伏。

「鳴鏡學長。」

我指著他胸前的「左」之徽章。

「大概……是因為那個。」

聰明的白鳴鏡被我提醒後，馬上就意會了我在說什麼。

「親衛隊」身上戴的徽章，除了是身分象徵外，裡頭大概也藏了竊聽器，藉此監控「親衛隊」的行為。

大概從白鳴鏡找我約會的那刻，左家就知道他背叛了。之所以一直沒發難，大概是為了收集證據，等到證據確鑿的那刻。

「白鳴鏡，你為何背離了加入『親衛隊』時的誓言？」

一個中年男子從西裝男子群中現身，就像摩西分海一般，只要是他所到之處，人群就會自動讓開一條道路給他。

「不是發誓要對左家永遠忠誠嗎？」

左獨臉上帶著恐怖的微笑，以低沉的聲音說道：

「那麼，你剛剛做了什麼？」

「左獨大人，我——」

「不用說了！」

一陣霹靂般的大吼，震得我耳朵轟然作響。

「從今天起，你再也不是『親衛隊』的一員。」

左獨大步走到白鳴鏡面前，將他胸前的徽章「啪」的一聲拔了下來。

「把白鳴鏡和奈唯亞全都抓起來！押入本家大牢！」

第六章

要是連吃東西都不會，當個隨扈是活不下去的

剩餘報酬：91億

我和白鳴鏡被帶到了我第一次見到左獨的地方，也就是左家的本家中。

雖然不是不能打倒親衛隊的人，但我沒有自信帶著白鳴鏡一起逃走。而且要是真的這麼做了，「LS任務」就確定完蛋了，我也拿不到任務的報酬。

於是，我什麼抵抗都沒做，就這樣乖乖地被「親衛隊」帶到了本家底下的大牢中。

那是一個什麼都沒有的房間，唯一的出入口是一道鐵門。

「親衛隊」進行簡單的搜身後，將我和白鳴鏡粗暴地丟進了牢內。

只是，讓我有些意外的是——

已經有人先一步被關在大牢裡頭了。

「嗚嗚……」

只見穿著女僕裝的左歌，抱著雙膝縮在角落。

「嗚嗚嗚……我為何要幫助奈唯亞那個人渣啊，我後悔了……」

大概是馬上就被發現違反左家的命令，私自讓我逃走吧。

所以左歌也被關在了此處。

連我們來到此處都不知道，面向牆壁的左歌仍然不斷低聲哭泣著。

「我這些日子待在左家的年資……戶頭內的薪水還有退休生活的規劃……全都成了一場泡影，嗚呵呵呵呵嘻嘻嘻……」

眼神完全死去的她，嘴中流瀉出一連串不成聲的笑聲。

「對了，我去跪在左獨當家面前好了，只要拿出誠意全裸道歉，說不定他會願意讓我從掃廁所的女僕重新做起——不對，我乾脆每天舔他的鞋子好了，沒錯，就這麼辦！」

即使說著這麼可悲的話，左歌依然可以保持什麼表情都沒有，還是她其實已經連做出表情的餘力都沒有了？

可能是不忍看到這樣的左歌吧，白鳴鏡很體貼地雙手摀住耳朵，頭轉到一邊去。

「表姊。」

我搖著她的雙肩。

其實我本來是想一掌往她頭上拍下去的，但現在白鳴鏡在場，我還是得維持奈唯亞的形象才行。

「喂，表姊，振作點！」

「啊啊，我一定是精神失常了，竟然看到了我們家的內衣放置架出現在牢房裡頭。」

「……原來妳這傢伙平常根本不把我當人類看待啊。」

「反正我的人生已經完蛋了。我剛剛被關進來前孤注一擲，稍稍掀了裙子，想要誘惑親衛隊的人，看能不能找到逃走的機會，結果你猜怎麼樣了？」

「雖然不是很想猜，但怎麼樣了？」

「他『嘆了一口氣』啊！」

左歌站起身來，跺著腳罵道：

「他是什麼意思！為什麼要以輕蔑的眼神看著我然後嘆氣！我的模樣難道就這麼不堪嗎！」

看到昔日同事掀裙子誘惑我，要是我也會嘆氣。

「為什麼奈唯亞可以我就不行！不只工作丟了，我就連女人的價值都失去了嗎？」

「那個……左歌老師，妳冷靜點。」

看到情況變得越來越混亂，白鳴鏡趕緊站了出來。

順道一提，白鳴鏡因為是左家的人，所以知道左歌的真實身分，也知道她的老師身分是假的。

他唯一不知道的事，只有「ＬＳ任務」和我的真面目。

「現在確實不是在意左歌的痴女行為的時候。」

「你說誰是痴女！」

「抱歉，奈唯亞更正自己的失言。」

「嗯，知道錯就好——」

「連誘惑男人都做不到，確實不能算是痴女，只能算是白痴。」

「別小看我！只要有心，就算同時讓好幾個男人臣服在我的肉體下，我都辦得到好嗎！」

妳有沒有發覺這其實就是痴女？

真不想承認我曾覺得這傢伙跟我很像。

「奈唯亞。」

可能是想要平息我們之間的爭論，白鳴鏡巧妙地轉換話題道：

「妳覺得現在我們還有什麼能做的？這間牢房是特製的，四周的牆壁下都埋著鐵板，怎麼想都不覺得我們逃得出這裡。」

「逃出去的方法奈唯亞自然有。」

「喔？那太好了。」

白鳴鏡露出安心的笑容道：

「明天就是『聖誕祭』了，我們得快些逃出去才行，就算不能阻止『右』的暗殺計畫，我們也得將『魔法』的真相告訴左櫻小姐才行——」

「等、等一下！」

聽到白鳴鏡這麼說，左歌慌張地說道：

「白鳴鏡，你在說什麼？你該不會——」

「沒錯，我都告訴奈唯亞了。」

「…………」

左歌默然無語地盯著白鳴鏡的雙眼，過了幾分鐘後，可能確認他是說真的吧，左歌手撫著額頭，輕嘆了一口氣。

「看表姊這反應，妳早就知道左櫻大人的『魔法』是什麼了？」

「我當然知道，我可是從小就跟在大小姐身邊的人啊。」

「那妳怎麼不早點跟我說？」

真是沒用的副手。

我責備地瞪了她一眼，她也不客氣地回瞪了我一眼。

「我畢竟是左家的人，不可能將這種機密跟你這個外來者說吧。」

「這說得也有道理，但是，妳就沒想過要跟鳴鏡學長一樣，阻止這一切嗎？」

「…………」

聽到我這麼說，左歌突然陷入了沉默。

「坦白說，我不知道該不該阻止……」

左歌轉頭看向我說道：

「舉個例子吧，在你成為大小姐的『眷屬』後，她確實變得比以前開朗許多，也展露了許多我沒看過的笑顏和表情。」

左歌再度深深嘆了一口氣。

「虛幻的幸福就不能算是幸福嗎？與其強制揭開殘酷的傷疤，不如用漂亮的『魔法』蓋住一切吧——我想在我心中深處，確實有某部分是這麼想的。」

雖然很不想這麼說，但左歌某方面的價值觀還真的跟我很相近。

「所以，這十年中，我什麼都沒跟大小姐說，只是沉默地在她身邊服侍她。」

我曾疑惑這對主僕之間的關係。

明明一直都在關心彼此，卻一點都不親近。

但得知真相後，發現這也是理所當然的事。

左歌一直都在對左櫻說謊。

她獨自背負這個祕密，足足有十年之久。

「魔法」成了她們之間的巨大隔閡，讓兩人之間有了距離。

「奈唯亞的出現，似乎改變了很多事情，也打破了一直以來停滯的時間。」

左歌對我露出了淺淺的笑顏：

「雖然你這人有很多問題，不過我覺得這樣也不錯。」

「…………」

「要不要將『魔法』的真相跟大小姐說，就由奈唯亞決定吧。」

果然是個無可救藥的傻瓜，竟然會相信我這種人。

這傢伙一定是那種自己擁有的好東西，不知不覺間都被朋友借走而不自知的類型。

「總之……在逃出去前，奈唯亞想問鳴鏡學長一件事。」

「什麼事？只要是我知道的，我都會知無不言。」

「那麼，說看看敵人的事吧，記得你跟他交手過幾次？」

此時不知為何，我額頭上的舊傷隱隱作痛。

「我想知道，那個『白色死神』是怎樣的人。」

「在談起『白色死神』前，我想先說一件改變我人生的往事。」

白鳴鏡不知為何正坐起來，以認真無比的表情說道：

「在我八歲時，我跟父母出遊，結果飛機失事了，墜落在某個偏遠國家的深山中。」

「哇，那真是一場讓人遺憾的慘劇……」

儘管心想「這干我什麼事」，但我依然擺出十分同情的表情。

「不過靠著機長的高超操作，除了機翼有些損傷外，飛機還算是平安停下。飛機上的乘客和物資都還算是平安，只要靠著那些食物堅持到救援來到，我們就能回家。」

白鳴鏡閉上眼，就像是要細細品嘗那段回憶。

「但是開心的我們並不知道，那時我們降落的國家，正進行著嚴重的內亂，叛軍發現了這架飛機後，迅速地挾持了機上的倖存者，想要透過綁票賺取大量的贖金。」

很正確的判斷，要是我是叛軍，我大概也會這麼做。

「叛軍要求的金額實在太高，使談判一直都不順利，心急的他們行為越來越粗暴，最後甚至準備殺人洩恨。那個時候，所有人都陷入了巨大的恐懼中，心想自己要葬身在異鄉了。」

「雖然聽起來很可怕，不過看你還好好的在這邊，想必之後一定發生了什麼吧？」

「沒錯，就在所有人都絕望時，英雄降臨了！」

白鳴鏡張開眼，雙眼閃閃發光。

「一個跟我差不多年紀的小孩，突然出現在叛軍中，也不知道他是怎麼做的，面對無數拿著機槍的敵人，空手的他只花了五分鐘，就將全部敵人都殲滅了。」

雖不知道實際情況是如何，但能做到這種事，實力著實不容小覷，我對這人是誰開始有了些許興趣。

「臨走前，我拉住他的衣角問他是誰，但他頭也不回，就只冷冷地拋下一句話——

『我沒有名字，但大家都叫我白色死神。』」

「嗯嗯……咦咦！竟然是『白色死神』嗎！」

「為什麼最驚訝的人是你啦！」

左歌捏了一下我的手臂，悄聲問道：

「你難道都不記得了嗎？」

「這輩子完成這麼多任務，這種小事誰會記得啊。」

「……原來救了一整架飛機的人，對你來說都只是微不足道的小事嗎？」

左歌露出不敢置信的眼神。

「而且，『白色死神』的偉大還不只如此！」

就像是換了個人似的，白鳴鏡情緒高昂地說道：

「當我問他為了什麼拯救我們時，他竟然是這麼回答我的——

『拯救該拯救的人，需要什麼理由嗎？』」

「……喂，那個帥氣的傢伙是誰啊？」

左歌再度捏了捏我的手臂，悄聲說出沒禮貌的話。

「雖然我已經沒印象了，但這很顯然……不，毫無疑問就是我會說的話。」

「你知道嗎？無法讓人相信的謊言不算是謊言，只能算是笑話喔。」

我回捏左歌的手進行報復，她痛得發出無聲的哀號。

不過……隨著白鳴鏡的述說，我對這段過去依稀有了印象。

「『白色死神』什麼謝禮都沒跟我們收。」

白鳴鏡雙手握拳，激動又興奮地說道：

「面對無論如何都想給予報答的我們，他只是瀟灑地離開，並在臨走前拋下了最後一句話——

「『你們的感謝就是最好的謝禮，我已確實收到了。』」

「……喂，所以說那個帥氣的傢伙到底是誰啊？」

左歌嘴角微微抽搐道：

「可憐的白鳴鏡，一定是那時遭遇的危機太凶險，導致腦子錯亂產生幻覺。」

「不，坦白說我剛剛想起來了，還真有這麼回事。」

「你再無恥也該有個限度！不要順著人家的幻覺，誤以為自己其實是個很好的人！」

「先不管妳那失禮至極的話，我記得那時候是——」

路過那邊的我發現叛軍藏了不少財寶和武器，為了獨占那些東西，我隨便找了機會把叛軍都殺了。

「保護到機上的人只是剛好而已，而且為了不想被發現我強占那批寶物，就隨便講了幾句帥氣的話，趕緊逃離現場，最後還跟當地的駐軍敲詐了一大筆酬勞。」

「對對對，這才是我認識的『白色死神』，這種人渣感真是讓人安心啊。」

聽到悲慘的真相反而鬆了一口氣，我覺得妳的價值觀也有點問題。

不管我和左歌的竊竊私語，沉浸在回憶中的白鳴鏡繼續說道：

「那是我唯一一次見到『白色死神』，因為時間過去太久，我已經完全不記得他是什麼樣子，也不知道他是男是女，但是我敢肯定──『右』家雇來統率殺手的人，絕對不是真正的『白色死神』！」

「等一下，你明明說你不記得他的樣貌，那你為何可以說得這麼篤定呢？」

「因為『白色死神』絕對不會這麼做啊！」

白鳴鏡握拳說道：

「他是高潔、清高、偉大──光是存在該處就會散發光芒的存在！怎麼可能會乖乖聽從『右』的命令，甚至為了巨款而殺人呢！」

聽到白鳴鏡這麼說，左歌用顫抖的手指著他，以不可置信的表情看向我，我則不自然地偏開了目光。

「雖和『白色死神』的相遇只有短短數分鐘，但他徹底改變了我。」

就像是回到了那天，白鳴鏡的雙眼看著前方什麼都沒有的空處。

「看著他離去的背影，我立下了誓言──我要做一個足以和他比肩的人。」

「……」

「於是，我拚了命地提升成績和體能，也認真地對待身邊的每個人，可能是努力被左獨大人看到，我被相中選進了『親衛隊』。」

「…………」

「我想變得跟『白色死神』一樣善良、強大、無畏，當遇到需要幫助的人時，就不計代價地對他人伸出援手，他是我憧憬的對象，也是我最終想成為的模樣。」

看著白鳴鏡那副明顯陷入偶像狂熱的樣子，我心想果然二年異班的人都不是正常人。

「那個……」

左歌伸出手，阻止不斷熱情述說的白鳴鏡說道：

「我覺得那個『白色死神』，大概不是那麼好的人……」

「妳在說什麼啊！左歌老師！」

一向好脾氣的白鳴鏡激動地跳了起來。

「妳根本就不瞭解他！」

「不，我倒覺得你這才叫不瞭解……」

「即使是左歌老師，我也無法原諒妳汙辱他！」

「對啊！奈唯亞也覺得『白色死神』就是這麼好的人，表姊妳還不快道歉！」

「你這傢伙竟然有臉背叛我啊！」

「快道歉啊！對鳴鏡學長道歉！也對偉大的『白色死神』致上最高的歉意！」

得勢的我對左歌步步進逼，她則以混合不甘及恥辱的眼神看向我。

「不，奈唯亞，也不用做到這樣。」

白鳴鏡趕緊伸手阻止我說道：

「抱歉，左歌老師，剛剛是我一時被憤怒沖昏頭了。要是尊敬的『白色死神』在此，想必不會想看到我們以他的名義逼迫他人的。」

「嗯，喔……」

聽到白鳴鏡這麼說，我不由得有點尷尬。

看到我這模樣，左歌在一旁輕掩嘴角偷笑，讓人很不愉快。

「我之所以違背『左』家的命令，將『魔法』的真相告訴妳，也是因為我想拯救左櫻小姐。」

白鳴鏡的眼神變得溫柔無比。

「妳的到來，是打破『魔法牢籠』的最後機會。我深信若是『白色死神』，他也一定會這麼做的。」

不，我才不會呢。

左獨是我的雇主，為了酬勞我才不敢違逆他呢。

「病嬌男和女裝人渣男……這個組合可以有——呼呼呼呼。」

左歌不知在想些什麼，還用手抹了一下流出來的口水。

這傢伙沒救了，確實是該關進牢裡沒錯。

「不過，現在被關在這邊，我想我們什麼都不能做了。」

「是啊，不管是阻止暗殺計畫，還是將真相告訴大小姐，都是不可能的事情。」

「那麼，就逃出去吧。」

我輕描淡寫地說道。

「怎麼做？這個房間四周都是鐵板，要是沒有強力的炸彈——」

「那就用炸彈吧。」

「……哪來的炸彈。」

「就在這邊喔。」

我指著自己的身體。

「咦？奈唯亞難道躲過了剛剛的搜身嗎？」

「沒有，我只是藏在他們找不到的地方了。」

「該不會是——」

左歌以不可置信的眼神看著我的胯部，我趕緊拍了她的頭一下！

「雖然接下來的情景有些難看，不過這也沒辦法了。」

「很難看！所以你這變態果然是把東西藏在雙腿之間——」

「表姊妳這真正的變態給我閉嘴！」

我責罵左歌後，將手指頭深入到喉嚨深處。

「嘔——！」

靠著反胃的感覺，我搜索著自己的胃部深處。

「嘔嘔嘔嘔嘔嘔嘔——！」

——啪！

一個小袋子被我吐了出來。

「這個是……？」

白鳴鏡疑惑地問道。

「這還用問嗎？當然是嘔吐物啊——痛！」

我再度打了一下胡說八道的左歌！

「別聽表姊亂說，這個是奈唯亞藏在胃中的小型炸彈，只是外頭用塑膠袋裹著。」

「……妳一直把這種東西藏在胃裡？」

「不只炸彈喔——嘔嘔嘔嘔嘔嘔嘔！」

我接連吐出了刀子、手槍、手榴彈等武器。

雖然在過程中，左歌以虛無的眼神一直念著「我的魅力竟然輸給這種嘔吐女？這世界也太奇怪了吧？」，不過沒人理會她。

過了約莫一分鐘後，大量的武器出現在地上。

「大家挑一個順手的吧，剩下的我會再吃回去。」

「……你的胃是四次元口袋嗎？這明顯超過一個胃的量吧。」

「要是連吃東西都不會，當個隨扈可是活不下去的。」

「我的天啊……認識你越深，越覺得你噁心。」

不知為何，左歌手臂上起了一層雞皮疙瘩。

「奈唯亞姑且當作這是稱讚。」

我安裝好炸彈，將鋼索機關裝在手腕內側後拿起手槍。

「準備好了嗎？要衝出去囉。」

「等一下，外面都是『親衛隊』耶！你該不會說你要將他們全部打倒吧？」

「這個部分我已經想好辦法了。」

「就算搞定『親衛隊』，我們出牢房後要做什麼？連敵人在何處都不知道不是嗎？」

「奈唯亞可沒說要去阻止暗殺計畫。」

「咦？」

「當然，也沒有去見左櫻大人的打算。」

「那……我們要去哪邊？」

有一個地方，可以同時解決這兩個問題。

「去見左當家吧。」

我有很多事想跟他確認。

「左獨這個人，才是一切的關鍵所在。」

——砰！

伴隨著巨大的爆炸聲響，我們一行三人衝出了牢房！

「你們做什麼！」

守在牢房外的「親衛隊」馬上做出應對，舉槍包圍了我們。

從他們的動作可以看出他們訓練有素。

遇到突發狀況不驚訝也不慌亂，冷靜的判斷狀況後，做出了最適合當下的應對。

雖然打倒他們不是辦不到，但不想在這邊浪費時間。

而且最重要的是，要是真的把他們打出死傷，就等於正式跟左家撕破臉了，為了「ＬＳ任務」的報酬，我不能這麼做。

所以——

「統統不准動！」

我用一隻手，將左歌的雙手拉到她的身後扣住。

「等、等一下，奈唯亞你突然間做什麼？」

無視左歌的悲鳴，我將槍抵在她的太陽穴。

「要是你們還珍惜左歌的命，那就將武器放下！」

「…………」

「這可是左櫻的專屬女僕——左歌大人啊！還不快退下！」

押著左歌狐假虎威的我不斷向前走，束手無策的親衛隊只能被我逼得不斷退後。

「嗚……真是卑鄙的傢伙，竟然挾持人質。」

「對啊！奈唯亞你這傢伙也太卑鄙了吧！」

「人質給我閉嘴！」

「我知道了我知道了！拜託你不要默默地把我的裙子往上掀啊！」

「白鳴鏡！」

親衛隊的其中一人開始進行道德勸說。

「你好歹以前也是我們的一員，看到這種失控行為，難道你不認為該阻止一下嗎？」

「我、我，這個……」

白鳴鏡來回看著我和親衛隊，臉上現出了猶疑之色。

「鳴鏡學長，要是『白色死神』在這種絕境下，想必也會使出這種權宜之計的。」

「既然如此就沒辦法了。」

白鳴鏡毫不猶豫地舉起槍，指向左歌另一邊的太陽穴。

「左歌老師妳忍耐一下，為了『白色死神』獻出性命，想必是一件十分光榮的事。」

「為何我的身邊一個正常人都沒有！為什麼！」

左歌發出的淒厲叫聲，更加添了綁票的可行性。

可能是知道已經無法拉攏白鳴鏡，「親衛隊」開始進行下一步的談判。

「要怎麼樣你們才肯釋放人質？具體的要求是什麼？」

「先準備個一百億，這筆金額必須是現鈔，把這些錢用行李箱裝好後放在加滿油的直升機上。不只如此，你們還必須保證我們在離開『雙之島』這段過程中，不能追擊我們——」

「奈唯亞妳這段話說得好熟練！跟綁匪完全沒兩樣！」

不好，一聽到有賺錢的機會，忍不住就忘了自己原本的目的。

「帶我們去見左當家。」

「……」

「我們只是要見左獨一面，並沒有要做什麼。」

「…………」

「只要跟左獨談個幾分鐘的話，接著我就會釋放左歌。」

「……辦不到。」

突然地，「親衛隊」的氣氛為之一變，變得肅殺無比。

「守護左獨大人是『親衛隊』最重要的職責，我們絕對不會放你們這種可疑分子過去的。」

每個人的雙眼中都燃滿了殺氣，就像是下了某種決心，所有「親衛隊」對我們三人舉起了武器。

「唉呀唉呀，看來是搞砸了。」

沒想到「親衛隊」對左獨的忠心是如此強烈。

「你還笑得出來！接著我們該怎麼辦啊！」

「那還用說嗎？」

我深吸一口氣說道：

「當然是打倒他們之後，再用殘虐的拷問手法，逼出左當家的所在之處啊。」

「你、你這人……」

我和「親衛隊」對峙，就在狀況即將一觸即發時——

「全部都給我停下。」

一道威嚴的聲音，透過廣播系統響徹了整個地下通道。

果然如我所料，這邊一定有監視系統，要是引發足夠大的騷動，左獨必定會出手。

「其他人留在原地，把奈唯亞帶來。」

「可是，左獨大人——」

「沒聽到我說的話嗎？」

左獨的命令，簡單且明確。

「把奈唯亞帶來見我，不要讓我再說第二次！」

時間不知不覺已換日了。

現在是聖誕祭當天的下午，若沒有發生這些奇怪的事，我現在應該已經和左櫻吃完中餐，正坐在教室中聽課。

「奈唯亞……不，海溫。」

當我來到左獨的房間後，他一點時間都沒浪費，就這樣直接奔向了主題。

「你認為完全的孤獨是什麼呢？」

左獨的辦公室位於本家的地下，和牢房同一樓層。

令我意外的是，他的房間並沒有什麼特別的，約莫三坪大小，而且設備一點都不華麗。

他不顧「親衛隊」的反對，堅持要和我兩個人單獨談話。

「怎麼突然問我這個問題？」

因為在他面前不用偽裝，我就以本來海溫的語氣說話了。

「左當家，你還懷疑我是危險分子嗎？」

「你是我請來的，我當然知道你是正牌的『白色死神』。」

「那你為何又要把我關起來？」

「要是連這點危機都無法克服，那麼你就算被我關到老死也是理所當然吧？」

「……承蒙你瞧得起，十分感謝。」

雖然心中多少不悅，但左獨畢竟是我的雇主，我也只能這麼說了。

「而且做為補償，我現在不是和你單獨會面了嗎？想必你應該有很多問題想問我吧？」

左獨雙手放在下巴處，露出讓我聯想到老狐狸的笑容說道：

「你有什麼想問我的嗎？」

我想問的問題很多。

「右」的暗殺計畫現在如何了？另一個「白色死神」究竟是誰？你真的打算在「聖誕祭」時讓左櫻的母親死而復生嗎？

不過，在眾多的問題中，我想最該問的毫無疑問是這個。

「你為何要請我執行『ＬＳ任務』？」

這些日子來發生太多事了。

但要不是「ＬＳ任務」，我也不會出現在這個地方。

一開始時，我以為你只是個過度溺愛女兒的父親，但是隨著時間流逝，我得知了

「魔法意外」和「魔法」的真相。

「ＬＳ任務」和「魔法」看似毫無關聯，但像你這樣的大人物，不可能花一百億做毫無意義的事。

「ＬＳ任務」的真正目的，究竟是什麼？

「海溫，在回答你的問題前，我想說點『左』的祕密。」

坐在椅子上的左獨輕咳幾聲後，緩緩說道：

「『左』這幾年崛起得很快，但之所以能辦到此事，其實和『完全的孤獨』有關。」

「左家的成功，不是因為左當家你的手腕高超嗎？」

「你在說什麼呢？『左』的歷史共有一百年，而我這任當家統率『左』的時間，不過是十年吧？這個成功是長久積累的成果，並不是我的功勞。」

他露出詭異的笑容說道：

「而且說到底，『左獨』這個人，根本就不存在。」

「……什麼意思？」

你不就坐在我的面前嗎？

「這十年來，『左』的聲勢到了頂點，於是左獨之名廣為人知，但其實那只是個稱號罷了，每一任的當家在繼承了當家之位後，原本的名字就會消失，接著被替換成『左獨』。」

「也就是說，『左獨』不是名字，而是類似代號或是記號的東西？」

「沒錯，而我就是第七任『左獨』。」

要不是左獨跟我說，我還不知道這件事。不，我想全世界沒有一個人知道吧。

不過他剛剛說，統帥「左」十年的時間是嗎……

剛好跟「魔法意外」的時間重合。

依照這狀況推測，十年前左櫻的母親消失後，父親就當上了「左獨」？

「在下一任的『左獨』繼位前，前一任的當家會給予其『試煉』。」

「『試煉』？」

「讓其能『完全孤獨』的『試煉』。」

「……」

「身居高位者，必須孤獨——也只能孤獨。」

「只能孤獨……？」

這瞬間，至今為止發生過的事閃過我的腦中。

我隱隱約約察覺到了真相。

「不能有朋友、戀人、家人。如此，當你成為『左獨』後，你才是個合格的領導人，也才能真正為『左』盡心盡力。」

左獨什麼事都沒做，僅僅是對我說著話而已。

但是等到我發覺時，我發現我的背已被冷汗浸溼了。

「就是靠著『完全的孤獨』削除掉『左獨』的人類情感，『左』才能強盛到今天這個地步。」

將人工的孤獨強壓在「左獨」身上，使其成為率領「左」的機械。

「完全的孤獨能使人強大，就像你一樣──『白色死神』，這也是我中意你，委託你進行『LS任務』的原因。」

若我發現的真相是正確的，那「左」的黑暗似乎遠比我想像中的更深更巨大。

「十年前，當第七任當家要繼承『左獨』之位時，第六任當家給予的『試煉』是『疾病』。」

「『疾病』？該不會──」

「沒錯，就如你所想。」

左獨的臉上，扭出了一絲冷笑。

「左櫻的母親之所以久病不起──」

「是因為第六任當家一直注射病毒。」

「…………」

即使是歷經許多地獄的我，此時也面色蒼白，完全說不出話來。

「每一任的『試煉』，其實都只是想跟下任當家傳達一個概念──這世間沒有亙古不變的感情。」

不知是不是這段往事太過悲慘。

就像是在說別人的事，左獨面無表情地說道：

「左櫻的母親和父親本來感情很好，但在這樣的久病折磨下，兩人的感情終究還是生變了，可能是不願意看到自己深愛之人逐漸邁向死亡，也可能是想要逃離照顧病人的辛苦，左櫻的父親終於在某天崩潰，逃離了這一切。」

──**「起初爸爸還會陪我去，但是隨著日子過去，會造訪母親病房的只剩下我。」**

「最終，『試煉』結束了，左櫻的母親徹底消失於這世上，而我則成了『左』的第七任當家。」

「也就是說，左櫻的母親，其實是『左』自己殺害的？」

「仔細想想也能明白吧？如果不是『左』將她完全抹消掉，那情報網遍布全球的『左』，怎麼可能會連一點左櫻母親的蹤跡都找不到？」

「我的天啊……」

──**完全的孤獨能使人強大**。

為了讓繼承左獨之名的人陷入孤獨，竟然做到這個地步。

「等一下，所以一直以來寄宿在左櫻身上的『魔法』……」

「如你所想，是下任當家的『試煉』。」

所以，只要是左櫻的願望，左獨都不計代價的讓其實現。

就算會傷害他人也沒關係──不如說這樣更好。

因為這一切，都只是要讓左櫻陷入孤獨的陰謀而已。

「因為害怕身上的魔法失控，左櫻孤獨了十年，不敢和任何朋友和同學來往，也罹患與人交際障礙。」

左獨得意的笑道：

「我還刻意讓左歌知道『魔法』的真相，讓她因為罪惡感而無法採取行動。」

沒有任何親近的對象，左獨將左櫻徹底關進了名為「魔法」的牢獄中。

「但是，這樣還不夠。」

「於是……才有了『LS任務』？」

「能徹底改變一個人的感情還有一種，那就是『愛情』。」

左獨再度咳了幾聲後說道：

「於是，我委託了名為『白色死神』的你，想必任務率達成百分之百的你，一定能徹底破壞左櫻的戀情。」

「原來，這就是『LS任務』的目的。」

讓左櫻對所有感情失望，使第八任的左獨誕生。

「你現在已經知曉『LS任務』的真相。」

左獨站起身來，不斷咳嗽。

「那麼，『白色死神』——海溫啊。」

彷彿重演第一次見面時的情景。

左獨昂然站立在我面前，以嚴肅無比的語氣問道：

「接著你打算怎麼做呢？是要繼續？還是中止這項計畫？」

「……」

若以一般價值觀論斷，左獨毫無疑問地對左櫻做出了殘忍的事。

——「雖然只是虛假的關係，但是能和妳短暫成為朋友，是我這輩子第一次感謝我身上的魔法。」

我想起了左櫻離去醫院時的背影。

她毫無疑問是個好女孩，但是被左家的「試煉」玩弄，她逐漸變成「左」所需要的模樣，直到她被孤獨弄壞掉之前，這個試煉都不會停止。

要是真正的英雄，想必會在此時給左獨一拳，然後拯救左櫻吧。

但是我不是。

我不是英雄。

——「嘿嘿，最喜歡奈唯亞了。」

就算左櫻再喜歡我，那也跟我沒關係。

我是傳說中的隨扈。

利己主義的我，一直有著自己謹守的法則。

只要接下任務，那就只有完成一條路。

不管是什麼都無法動搖我。

——你都不覺得你自己很卑鄙嗎？

「我會破壞她的戀情，讓她徹底的孤單一人。」

我的心早已不會因罪惡感而感到疼痛。

很好，我還正常。

不，說不定這才是早就壞掉的證明。

「『LS任務』，當然要繼續。」

我抬起頭來，直視左獨的雙眼說道：

——像你這樣的卑鄙小人，最後一定會不得好死。

額上的傷痕隱隱作疼，但是我不以為意。

我在左獨面前單膝跪下。

「左當家，倒是說好的酬勞，你別忘了給我喔。」

「沒問題——咳咳咳咳咳！」

突然地，左獨大聲咳嗽起來。

「左當家？」

「咳咳咳咳咳咳咳咳咳咳咳——————！」

奇怪，他怎麼一直在咳嗽？記得剛剛在談話時也是如此。

「海溫啊，很高興你做出了這樣的選擇……咳哈！」

一大口鮮血從左獨口中吐了出來！

「左當家！你怎麼了！」

「剩下的……就交給你了。」

就算用手摀著，依然無法阻止口中的鮮血。

就像噴泉似的，從左獨的指縫中，大量的鮮血不斷湧了出來。

「務必要完成『LS任務』……」

他的身體就像是被砍斷的樹一般傾倒。

我接住他的身子後，發現他的體溫極低，就像是個死人。

他剛才一直是用這樣的身體狀態在跟我對談嗎？

「願『左』家……永遠繁榮。」

他緩緩閉上雙眼，嚥下了最後一口氣。

事情發生得太過突然，導致我愣了幾秒後才做出反應。

我低頭察看他的生命跡象想要實施急救，但一切已來不及了。

——他死了。

不管做什麼都沒用，躺在我臂彎中的人，毫無疑問的是個死人。

而且，他是死在和我獨處的密室中，我的身上沾滿了他剛剛吐出來的血。

「這是……怎麼回事？」

我是個擅於變裝的人，所以這也表示，我觀察人類比任何人都深刻。

雖然之前只跟左獨會面過一次，但他是我的雇主，我已牢牢地將他的一切記在腦海中。

我敢肯定，現在死在我面前的人，跟第一次見面的他是同一人。

不是替身也不是演員。

也就是說——

「左」的第七任當家，在此刻殞落了。

——啪！

此時，就像是算準了時機。

我身後的門打開，一群「親衛隊」的人闖了進來。

「左獨大人死了！」

「左」的本家中，所有人都慌亂地四散奔跑。

「殺死他的人是『白色死神』，快把他找出來！」

「呼、呼……」

我趴在誰都看不到的天花板，大口喘著氣。

「真是的，果然被認定是犯人了。」

不過在那種狀況下也是理所當然。

使盡渾身解數，我好不容易在不過度傷害「親衛隊」的狀況下，順利逃了出來。

我的厄運果然永遠不會讓我失望。

本來認為只是個簡單的任務，阻止高中生談談戀愛，就能輕鬆拿個一百億。

但現在雇主死了，我還被誤認成凶手。

別說拿到酬金了，我就此被整個「左」家追殺一輩子都是有可能的。

「不過，是誰殺了左獨？」

在我進房前，他很顯然就已陷入了瀕死狀態。

「下手的人，只有可能是『右』的人。」

而其中最有可能的人選，就是我所遭遇的冒牌「白色死神」。

雖沒有時間仔細勘查左獨的屍體，但他的外表沒有明顯外傷，我猜應該是被人用毒之類的方式殺死，就不知道是毒針還是從食物下毒了。

「不過，感覺很奇怪啊。」

我不認為左獨的防衛有這麼薄弱。

要是真的那麼容易殺死，那他早就死上數十遍，也不可能統率「左」十年之久。

想必假的「白色死神」，一定是用了什麼出乎意料的方式，才能殺死左獨。

「接著，該怎麼做好呢？」

看著底下的混亂，我不斷思考。

既然已經殺死左獨達成目標，那麼想必「右」應該也會撤離吧？

「……不對。」

不太對勁。

我仔細傾聽耳朵中的收音器，裡頭還是充滿雜訊。

「右」的電子干擾攻擊依舊沒停。

——「坦白說，我覺得『右』這個暗殺計畫很奇怪。」

我想起白鳴鏡的話。

難道他們的目標，不只有殺死左獨嗎？

——「『右』不會做毫無回報的事。」

那麼，他們的真正目的究竟是什麼呢？

「奈唯亞，妳在哪裡，發生什麼事了？」

耳中傳來了左歌和白鳴鏡的聲音。

我的耳朵中本來有一個收信器，會在左櫻流淚時通知我扣除金額的事。

但經我改造後，它已可以像是手機一般，和特定人士的手機雙向溝通。

我稱它為「LS通訊器」。

「我不能告訴你們我在哪裡。」

現在大家都認為是我殺了左獨，我不能肯定你們一定是我的同夥。

「你放心吧，我完全不認為你會做這種事。」

就像是看穿了我的心聲，左歌劈頭就說道：

「你這種唯利是圖的人渣，怎可能殺死自己的雇主。事到如今，你這人渣難道還不明白我是多麼認同你的人渣程度嗎！」

「……妳是不是說太多次人渣了。」

「你就算不相信自己，也要相信相信著你是人渣的我啊！」

「這句名言好像在哪裡聽過。」

該說真不愧是左歌嗎？即使是這個狀況也一如既往。

「總之，先不論你在哪裡，你注意一下『親衛隊』手上拿著的對講機。」

「對講機？」

「『右』已經行動了！你只要照著我說的話做，就能明白我在說什麼了！」

聽從左歌的話，在天花板上的我繞到某個「親衛隊」的上方，仔細聆聽對講機裡頭的聲音。

「我們的名字是『右』。」

注意到訊號被入侵，「親衛隊」趕緊反向追蹤來源，結果發現傳訊的地點正是五色高中的校舍內。

他們調閱監視器，二年異班的班上，不知何時出現了一群穿著黑色披風，戴著白色面罩的人。

「『左』一直以來都橫行霸道，現在，給予制裁的時候到了。」

在「右」的身後，有著一大群跪地的學生。

除了我和白鳴鏡外，二年異班全體共二十八名同學都被挾持了。

「不准通知島上的警察，你們『親衛隊』也不准輕舉妄動。」

在黑衣人的帶領下，一個矇住雙眼、反綁雙手的人被押了出來。

當看到他們手中的人是誰時，我不由得雙手緊握。

「左獨已被我們殺死，而下一任繼承人，也已落入我們手中。」

大概是被藥物迷昏吧，左櫻就像死了一般癱軟。

數十名黑衣人舉起槍，對準她的頭。

「要是不想讓左櫻慘死，就封閉校園，不准聲張。」

第七章 要是連理由都不知道，當個隨扈是活不下去的

剩餘報酬：91億

一直以來，我——左櫻都是孤獨一人。

本來身為左家公主的我，與他人就有著十分遙遠的距離。

但小時候的我並不寂寞。

我的身邊有左歌，也有疼愛自己的父母。

可是，我身上的「魔法」，將這一切都奪走了。

母親被我的魔法消除，而父親和左歌也在魔法意外後，再也不跟我說話。

從那天起，我就被魔法製造的牢籠關住，就算真有人對我表示親近，我也會主動推開。

等到我發覺時，我已經被稱作「異端公主」，被所有人敬而遠之。

每個看著我的人，眼中都充滿了恐懼、不安和畏怯。

一開始我還會為此難受，但很快地，我就說服了自己。

——這樣也好。

這樣就不會有人靠近我，也不會被我的魔法所傷害。

但是，孤獨的時光實在太過漫長。

原本的覺悟被寂寞所浸蝕，逐漸變得黯淡。

我總是忍不住多看幾眼身旁在談笑著的同學。

我也想要有人陪伴和聊天。

儘管知道用不到，但我仍閱讀交友指南，有時甚至會對著玩偶和鏡子練習如何交朋友。

我不奢望自己擁有無話不談的摯友，但如果可以，我想要一個和普通人相近的青春。

跟好友一起上學、一起上課、一起吃中餐、一起放學。

我只是想要這些平凡的小事。

所以當奈唯亞成為我的「眷屬」時，我知道我等待許久的時光終於降臨了。

儘管知道她是被「魔法」影響，儘管知道她是被強制扭曲了心意——

但我仍開心到睡不著覺。

這是我第一次交到可以談話的朋友。

我想好好珍惜奈唯亞。

雖然還沒實現共同上、下學的願望，但我努力地準備中餐，也盡我所能的將屋頂變得越來越舒適。

如作夢一般的美好時光不斷持續，我跟奈唯亞聊了女生常聊的話題，也和她在體育課組隊。

我很幸福。

只不過多了一個好友，就讓我覺得世界變得完全不一樣。

就算所有人都將我視為「異端公主」而遠離我，只要身邊有奈唯亞，我就覺得無所畏懼。

但是，就是因為太幸福，才讓我忘了一件很重要的事——

擁有魔法的我，遲早有一天會害身邊的人不幸。

體育館的事件發生後，奈唯亞倒在了地上。

看著躺著的她，我的心變得一片冰冷。

太過漫長的時光，讓我忘了過去的往事。

但是在那一刻，我徹底地想了起來。

十年前，看著母親空無一物的病床時，我的心也是這樣，一點溫度都沒有。

所以，道別吧。

放奈唯亞自由吧。

我不想再傷害任何人了。

即使受到孤獨啃蝕，那也是我應得的報應。

我是「異端公主」，與他人不同的存在。

那麼身邊一個人都沒有，也是理所當然的。

從奈唯亞的醫院離開後，我做好了覺悟。

從今以後，徹底的孤獨一人吧。

即使再羨慕他人也要忍耐，即使再渴望他人陪伴也要壓抑。
將心變成堅硬冰冷的石頭，再也不要因為任何事流淚了。
因為，我曾交過奈唯亞這麼好的朋友。
我已提早收到了十六歲的生日禮物，我很幸福。
儘管我是這麼想的。
命運還是沒饒過我。
我的身分還是引來了敵人，將同學捲入了險境。
持著武器的數十名黑衣人在即將放學時闖了進來，挾持了所有二年異班的同學。
不幸中的大幸是，五色高中的校舍很大，其他學生似乎都沒發覺此事。
他們也對其他班和年級的學生完全不感興趣，就這樣放任他們離開校園。
最終，五色高中的校舍封閉，二年異班的二十八名學生被留在了教室裡頭。
從他們的行動來看，可以感覺出他們想保持低調。
我不知道敵人的目的是什麼，但他們的行徑確實有些違背常理。
「如果有人想替代左櫻當人質，儘管出列沒關係。」
黑衣人對著所有二年異班的同學如此說道，而所有人都別開了目光，沉默不語。
「喂喂！什麼啊！左家繼承人的人緣就這麼差嗎？」
從剛剛開始就是如此。
有如公開處刑一般，「右」派來的這些黑衣人將「左櫻」抓起來，一直在試探有沒有人想要救我。

他們沒有對外提出具體的要求，也沒有其他進一步的舉動。是想藉我這個餌將保護我的人釣出來嗎？但又何必如此？

我已被他們所掌控，只要一槍就能殺掉，就算釣出我的保護者，也只是徒增他們的危險而已。

他們很明顯在搞什麼鬼，要不然不會做出「那種事」來。

不過不論他們的真正企圖是什麼，他們都不會成功，因為——

根本就不會有人想要來救我的。

「都是『異端公主』害的……」

從剛剛開始，這樣的抱怨就不斷從同學間傳來。

「要不是『異端公主』，我們才不會變成這樣。」、「從剛剛開始一直就問同一個問題，煩死了，根本不會有人想跟她交換的。」、「就連她的父親都不想來救她，不對，聽說左當家已經死了，不知道是不是真的……」

此時，我突然慶幸自己是孤獨的。

就是因為自己孤身一人，才不會有可乘之機。

「你們該不會以為我們只是做做樣子吧！」

——砰！

黑衣人朝天花板開了一槍，嚇得所有人都摀住耳朵。

「我再問一次，有沒有人願意代替左櫻的！」

「……………………」

現場安靜得連一根針掉到地上都聽得到。

「要是三秒內再不出現人代替她，那我就殺了她。」

黑衣人對「左櫻」舉起了槍。

所有人都閉上眼，深怕看到接著的血腥場景。

只有我知道，他們絕對不會開槍的。

——因為他們押著的人根本不是左櫻。

自稱「白色死神」的人扮成了我的樣子，被蒙上雙眼推上了講臺。

他的扮裝術非常高明，沒有一個同學發現那其實並不是我。

至於真正的我，則在教室外看著這一切。

但是我什麼都無法做，因為我身旁站著兩個黑衣人，背部還抵著一把槍。

我唯一能做的，只有運轉腦袋，思考他們這麼做的原因。

「三——」

為何他們要這麼做？

不想聲張的原因是什麼？

「二——」

對了，說不定他們不是想釣出保護我的人，而是想找出與我親近的人。

但找出這樣的人對敵人有什麼用呢？

「一——」

對了……

在最後一刻時，我的腦中靈光一閃。

若父親真的已死。

那我就是下一任繼承人。

若他們能完全製造一個假的「左櫻」，那不就能取代真正的我，不著痕跡地繼承當家，掌握「左」的一切嗎？

也就是說，他們此時的目的是——

抓住親近我的人，消滅所有可能發現「左櫻」是冒牌貨的人。

——砰！

一個人影突然撞破玻璃窗躍了進來！打斷了我的思考。

「為什麼……」

為什麼我的魔法沒有成功？

看著闖進來的人，我的心就像浸到冰塊一般冰冷。

不對，說不定就是因為魔法失控了，才導致這樣的結果。

——「忘了我們曾經經歷的一切時光。」

於是，為了讓她忘記一切，命運才將她推向了這個死地。

只要她死了，那理所當然地就什麼都不記得了。

一切——都是我害的。

「不要過來！奈唯亞！」

不顧可能遭遇的危險，我大聲喊道：

「那個『左櫻』是假的！」

「那個『左櫻』是假的！」

當聽到這聲喊叫的同時，我——奈唯亞終於搞懂了「右」的目的是什麼。

他們想要用偷天換日的方式，取代左櫻。

果然人看「自己」都是有盲點的。

當假海溫以我的臉出現在我面前時，我就該想到他和我一樣，有假扮他人的技能。

左獨之所以會被殺死，大概也是他假扮成「親衛隊」的一員，然後再尋找機會偷偷動手吧。

之前左歌衣櫃中的衣服有破損，也是假海溫偷去穿的關係，目的大概是假扮成左歌跟蹤我和白鳴鏡，這樣就算被發現，也可以裝作自然的打招呼。

只是他沒想到我會突然發動攻擊，導致左歌的女僕服被打下一片，而他為了混淆視聽，趕在我之前將衣服放了回去。

至於他跟蹤我的理由，大概是想確認我是怎麼樣的人。

因為「右」的計畫想要成功，是建立在左櫻完全孤獨的前提下，這樣就算假的左櫻出現，也不會有人察覺。

雖然左歌可能是個障礙，但那不是問題。

畢竟所有人都知道左歌是她的專屬女僕，只要準備替代品，甚至直接將左歌暗殺掉，都能順利解決這個困擾。

但是這陣子，想要讓「LS任務」成功的我，一直很親密地跟在左櫻身旁。

突然出現的我，成了他們計畫中最大的阻礙。

於是，假海漚出現在體育館的我面前，想要將我除掉。

我認為他們的目標是左櫻，殊不知根本不是。

他們的目標——

一直都是我化身而成的奈唯亞。

門外真正的左櫻說到一半，馬上就被摀住了嘴巴。

「快逃！奈唯亞——唔唔！」

在此電光石火之際，我也顧不得奈唯亞的真實身分被發現，就想從裙子中掏出手槍——

——砰砰！

但是，一切都已來不及了。

假的左櫻可能是察覺事蹟敗露，搶在我之前開了兩槍。

兩顆子彈毫不留情地貫穿我的腹部，劇烈的痛楚直擊我的大腦，讓我不由得躺倒在地上。

「啊啊啊啊啊啊——————！」

看到我倒下以及流滿地的鮮血，所有二年異班的學生都發出了驚叫聲。

「將她帶走。」

假的左櫻——不，應該說是假海溫命令其他黑衣人，我感到自己的身體在地上被拖行。

「奈唯亞、奈唯亞！」

經過門外時，左櫻正不斷地呼喚我的名字。

——**任務獎勵扣除一億元**。

耳中傳來了聽過無數次提示。

真是討厭啊，即使是在這種時候，「LS任務」的規則依然照常在運作。

我模糊的視野中，看到了不斷痛哭想要往我這邊撲過來，但是又被黑衣人制止的左櫻。

雖然之前就隱隱約約察覺了。

但直到此刻我再一次明白了，我根本不適合這個任務。

別說不讓她哭泣了，我根本是一直在弄哭她。

「左櫻大人……不要再哭了。」

我用盡不多的力氣，細聲對左櫻說道：

「請妳安心等待，一切都不會有事的。」

聽到我這麼說，左櫻拚命搖著頭。

果然如此啊……

騙人的方式我知道上百種，但當需要用真情安慰人時，我卻完全不知該說什麼。

「我不會要妳相信我，但請妳相信妳的『魔法』吧。」

妳的魔法，從沒有讓妳失望過。

只要妳許下願望，那就必定會實現。

「所以，呼喚他人來拯救我們吧。」

我露出虛弱的笑容，向她說道：

「今天是『聖誕祭』，只要妳誠心祈求——」

「那麼『奇蹟』就必定會發生。」

我本來擔心我會被當場殺死，但現在看來，他們應該是覺得我還有利用價值，所以沒有對我進一步追擊。

還真要感謝他們的專業，不過也正因如此，讓我十分容易預測他們的行動。

二年異班的同學大概會繼續待在班上當人質。

至於我和左櫻應該會被分別帶到不同的地方。

這樣就能互相牽制我們兩人，使我們不敢逃跑，也不敢違逆「右」的話。

暫時還不用擔心左櫻的性命。

雖然他們的目的是取代她，但是「右」絕對不會馬上殺了她的。

他們大概會以被抓的我做為籌碼，從左櫻嘴中套問只有她本人知道的情報吧，這樣他們才能在接著的日子中，完美地扮演左櫻。

不過，我當然不會讓他們如願。

兩個武裝的黑衣人拖著重傷的我，將我帶到了燒毀的體育館中。

很好，就跟我預想的一樣。

雖然現在重傷，無法進行激烈的戰鬥。

但我早就藉著耳朵中的「ＬＳ通訊器」偷偷通知左歌，讓她埋伏在裡頭了。

「喝啊啊啊啊啊啊啊────！」

對著進來的黑衣人，閉著雙眼的左歌拿著掃把劈了下去！

「嗯？」

黑衣人輕而易舉地以單手抓住掃把，一臉莫名其妙。

「…………」

我說啊，不要攻擊前就先出聲好嗎？這樣奇襲的意義何在。

還有，妳是基於什麼判斷，選擇掃把當武器的？

「嗚、嗚啊啊啊啊啊啊──怎麼回事！我怎麼浮在半空中了！」

力氣十分大的黑衣人舉起掃把拉起左歌，讓她的身體懸空。

就像釣起來的魚，左歌雙腳不斷在空中亂踢。

「可、可惡，真是太卑鄙了！竟然趁我一時大意時偷襲我！」

趁妳一時大意？

我倒是想問，從攻擊前就閉上雙眼直到現在的妳，到底什麼時候不算大意了？

「這傢伙不是一直待在左櫻旁的女僕嗎？」

黑衣人滿頭問號地說道：

「奇怪……明明是左櫻的專屬女僕，照理說應該不會如此廢物的啊？」

「你說誰是廢物啊！我告訴你，現在才是我發揮的時候！」

「果然隱藏著什麼嗎？搜她的身！」

「不要啊！對不起——我剛才是吹牛的！不要在我身上亂摸啦——！」

自掘墳墓的左歌以無表情的模樣不斷慘叫。

我錯了。

我真的錯了。

我真不該信任她，要她埋伏在這邊的，現在該怎麼辦呢？

「搜到了！」

抓著左歌的黑衣人大叫。從她懷中取出一個隨身碟大小的長方形鐵塊。

「這是什麼？看起來像是小型隨身聽。」

另一個黑衣人看著小鐵塊，皺起了眉頭。

「哼哼……」

左歌不斷冷笑：

「哼哼哼哼哼——」

看著不斷冷笑的左歌，兩個黑衣人開始心生戒備。

但依照我對她的理解——

那大概就真的只是個隨身聽，用來聽音樂的。

剛剛的冷笑只是無意義的逞強和故弄玄虛。

「或許其中藏著什麼『左』的機密資料？要不要聽聽看？」

其中一個黑衣人提議，另一個黑衣人則是十分遲疑，舉棋不定。

「我勸你們不要。」

閉著眼的左歌繼續恐嚇道：

「要是聽了……你們就回不去了。」

「果然藏著什麼，來聽聽看吧。」

「不要啊！對不起——拜託不要聽嘛——！」

再度自掘墳墓的左歌不斷慘叫。

妳到底什麼時候才要鼓起勇氣把眼睛張開？

無視左歌的哀號，兩位黑衣人以如臨大敵的緊張神情，一同按下了播放鍵。

「嗯？這是……？」

「聽起來像是某種音樂。」

從隨身聽中，流瀉出了歌的旋律——

大哥哥啊，我愛你～～
六歲的幼女愛你喔～～
就算身輕體柔易推倒也沒關係～～
不如說這就是我最大的優點～～

「……」

原來是動漫歌曲啊。

而且是很露骨的那種，是後宮類的？不，該不會是十八禁動畫的歌吧？

大哥哥啊，不管對我做什麼都可以喔。
就算是法律也不能限制我們之間的愛。
因為不管是你身邊的哪個女孩子，都沒有我身上的優點——
那個不會懷孕的優點。

「…………………………………………………………」

現場一片死寂。

兩位黑衣人化作灰白。

至於左歌則是滿臉通紅，全身不斷細微顫抖，露出一副「乾脆殺了我吧」的表情。

「喝啊！」

趁此難得的機會，我從頭髮深處掏出毒針偷襲了兩位黑衣人，放倒了他們。

接著我拿起他們的無線電，以他們的聲音回報一切正常。

「做得好啊，表姊。」

我姑且稱讚了一下。

「妳的無可救藥連敵人都會嚇到，真可謂是一種才能了。」

「你……這算是稱讚嗎？」

「沒想到妳平常都在聽這種歌，這品味……嗯。」

「把話說完啊！說一半不是反而更令人在意了嗎！」

我深深嘆了一口氣，但這並不單純只是覺得左歌沒救了。

在被槍擊時，雖然第一時間閃過了內臟和要害，但這依然是重傷。

假海溫比我想得還厲害，要是再不處理傷口的話，我連保持意識清醒都做不到了。

「表姊，妳眼睛就先保持這樣，不要睜開。」

「咦？」

我從胃中吐出鉗子、剪刀和手術刀，再從頭髮中抽出幾根混雜在裡頭的鋼絲。

咬破臼齒中暗藏的酒精，摩擦牙齒打出火花。

——轟！

我從嘴中吐出火焰，烤著手術刀。

來。

「好的，消毒完成。」

將身上染血的制服撕一塊下來，咬在嘴中。

「喂，奈唯亞，妳該不會——」

左歌的話說到一半，就被我切開肉的聲音蓋住了。

運用這些器具，我開始對自己動手術。

切開肌肉，取出卡在腹部的子彈，將積蓄的血液導引出來，然後再迅速的縫合起來。

途中我不斷聽到左歌倒吸口氣的聲音。

我不是叫妳閉上眼睛了嗎？為何剛剛襲擊他人時全程閉上眼睛，現在卻張開了？

整個手術過程約莫花了五分鐘左右。

雖然之後還需要更精密的治療，但現在也只能做到這程度了。

「好了。」

我將已經咬爛的布吐了出來，將傷口做了簡單的包紮後，搖搖晃晃地站起身來。

「這樣就能再去救左櫻了。」

「你……好什麼好！」

左歌著急地說道：

「你已經連站都站不穩了！還談什麼去救人。」

「表姊，我請妳準備的東西有帶嗎？」

我沒有理會左櫻的話，因為我所剩的力氣已不多了，實在不想浪費心思去爭論。

「真是的……就連現在這種時候，都露出一副游刃有餘的樣子。」

可能知道怎麼樣都無法阻止我吧，左歌深深地嘆了一口氣問道：

「你無論如何都想去嗎？」

「嗯。」

「好，我知道了。」

左歌將我身上染血的衣服脫了下來。

在她的協助下，我接連卸下身上的偽裝，假髮、變色瞳片、矽膠胸部、各種女孩子的裝飾品。

畢竟我不能以奈唯亞的樣子去救人。

「我問你喔。」

「嗯。」

「為何要去救大小姐？」

「因為我接下了『ＬＳ任務』，條約內容也包括了保護她的人身安全。」

「即使是雇主死亡的狀況下，你也要繼續『ＬＳ任務』嗎？」

「那是當然。」

而且，左獨死亡這事，我已經看穿了其中的關鍵。

他確實死了，但是也沒死。

但要揭發這真相，應該也是「聖誕祭」之後的事了。

「這真不像你。」

左歌一邊幫我穿上西裝，一邊疑惑地問道：

「明明是一個完全的利己主義者，怎麼會即使身負重傷，還這麼熱血地去救人？」

「難道妳不希望我去救左櫻嗎？」

「不，我不是這個意思。」

左歌一副理所當然地說出真心話。

「我本來以為你會放棄任務直接逃跑的，可能臨走前還會把我家值錢的東西全都順手牽羊。」

「我不否認曾這麼想過。」

「我就知道，你怎麼可能會做沒錢賺的生意呢。」

「表姊，雖然我挺愛說謊騙人的，行事也以自己為最大的考量，但我還是有著最基本的行動準則，要不然我怎麼可能被稱為傳說中的隨扈呢？」

「喔？那個準則是什麼？」

「只要接下任務，就會完成。」

就算雇主已死、雇主是個大惡人或是我完全拿不到報酬，我仍然會將剩下的任務完成。

「任務達成率百分之百是嗎……因為這是你的驕傲？」

「才不是。」

「咦？」

「單純是因為我是個平凡人而已。」

——你都不覺得你自己很卑鄙嗎？

「我只是……想在這輩子做好一件事而已，而那件事就是當個隨扈。」

真是難得啊，我竟然會吐出真心話。

是因為身負重傷，還是逐漸卸下偽裝的關係呢？

不，說不定原因更為單純——

只是因為我面前的人是左歌而已。

「若是能當英雄，誰想當個反派呢？」

但是，我只是個被命運捉弄的平凡人，光是活下去就竭盡全力。

「我不是『想要』當個卑鄙小人——我是『只能』當個自私的人。」

為了活下去而欺騙、說謊、背棄他人。

我知道的，我一直在做他人所不能忍的惡事。

「所以，即使有傭兵、小偷、殺手等那麼多可以賺大錢的職業，我最終還是選擇了隨扈。」

這一切都是因為——

「不管我做盡多少的惡事，那都是為了保護一個人而做的努力。」

為了保護左櫻而欺騙。

為了保護左櫻而說謊。

為了保護左櫻而背棄他人吧。

只要是為了保護他人而行惡，那麼我的行為看起來就像是可以原諒。

「這就是……我之所以當隨扈的原因。」

聽到我這麼說，左歌完全忘了自己的面無表情，露出了我至今為止所看過最驚訝的表情。

「我必定會遵守契約，完成『LS任務』。」

完全恢復原本面目的我，笑著戴上了手套。

「要是連保護一個人都不會，那當個『白色死神』可是活不下去的喔。」

五色高中的外頭，隱隱傳來了熱鬧的喧囂聲。

「右」的詭計需要保持低調，多虧如此，沒人發現校舍內正發生不得了的異變，「聖誕祭」也照常舉辦。

即使身負重傷，但我的腦袋仍沒有停止運作。

總結一下現在需要解決的難題吧。

一、必須拯救左櫻。

二、必須拯救被困住的同學。

三、不能讓外界察覺異狀，也不能採用左櫻會難過的方式拯救她。

就讓我一口氣解決這些問題吧。

「嗚鏡學長，準備好了嗎？」

我用「LS通訊器」，向著遠方的白嗚鏡確認。

「沒問題，我這邊會盡全力協助妳的，奈唯亞。」

大概是因為校舍的監視器全部都被「右」干擾了吧，即使我恢復原本模樣，只聽到我聲音的白嗚鏡依然認為我是奈唯亞。

「話說回來，奈唯亞妳真的沒事嗎？」

「當然不可能沒事。」

腹部依然不斷出血，傷口的劇痛讓我不斷冒著冷汗。

雖然已經縫合，但失去的血液不會回來，我感到頭暈目眩，體溫也不斷降低。

「不過……隨扈本來就不是直接與人戰鬥的職業。」

依據狀況應變，這才是合格的隨扈。

「就讓『右』的那些人，看看我真正的實力吧。」

——砰砰砰！

我舉起手槍對窗戶開了幾槍，從打破的窗戶闖進了校舍。

被巨大的聲響吸引，五個黑衣人靠了過來。

很好，角度跟距離都正好。

「你們好啊。」

我用左櫻的聲音，笑著向他們打了聲招呼。

聽到人質的聲音突然從眼前的男性口中說出，讓所有黑衣人都愣了一下。

但是，我使用左櫻的聲音，並不只是為了迷惑他們而已。

「熒惑在上，以七為數，奉南為方，祝融朱雀聽我號令——」

對著眼前的敵人，我豎起了手掌！

「『火炎術』！」

——砰！

一陣轟然巨響從黑衣人右邊的牆壁炸開！將所有人轟飛！

果然如我所料。

「左」為了左櫻的「試煉」，必須保證她的「魔法」成功。

於是，他們事前做了許多準備。

誰都沒想到吧？普通的校舍牆壁中，其實埋著許多小型炸彈。

而啟動這些炸彈的鑰匙，正是左櫻的聲音和她的咒語詠唱。

只要達成這兩個條件，再經過「親衛隊」的暗中操作，「魔法」就會發動。

「奈唯亞，似乎又有人過來了！快發動探查魔法！」

耳朵中傳來白鳴鏡的聲音。他現在人就在親衛隊才能進入的「魔法控制室」中，不只協助我開啟機關，也告訴我機關的所在位置。

「歲星在上，以八為數，奉東為方，句芒青龍聽我號令——『生命探索』！」

「很好，熱感應器啟動了！」

看來這個魔法是發動遍布全校舍的熱源感應器，這樣就能把握裡頭有多少人了。

「你前方十公尺處正有兩名敵人正在靠近！」

「『火炎術』！」

——轟！

「後方三點鐘方向，一百公尺處有一名敵人架起了狙擊槍！」

「『火炎術』！」

——轟！

「天花板上——」

「『火炎術』！」

——轟！

「哈哈——啊哈哈哈哈哈哈哈哈哈哈哈哈哈哈——————！」

啊啊，這心情還真是舒暢。

原來擁有特殊力量的人就是這種感覺啊。

看呀，這群經過訓練的殺手，在魔法的至高力量面前是多麼無力。

雖然這是期間和地點都限定的力量，但看著人類在天空飛舞真是太治癒人心了。

「這是什麼……」

未知的力量讓「右」陷入了混亂！

「這是什麼啊啊啊啊啊！」

「跑吧！跑吧！不過我可是一個都不會放過你們的！」

我不斷的施展「火炎術」，將這些人全都炸死！

竟敢讓我受到這樣的重傷，我要你們付出代價。

「你們這群脆弱的螻蟻，被我踩碎就是你們註定的命運！就算這時向我求饒，那也已經遲了！」

我不斷進行轟炸。沒有什麼是一發火炎術不能解決的，如果有——

「『火炎術』、『火炎術』、『火炎術』、『火炎術』、『火炎術』、『火炎術』、『火炎術』、『火炎術』、『火炎術』、『火炎術』。」

就再補上十發。

看到我這樣瘋狂轟炸，就連白鳴鏡都有點看不下去了。

「總覺得我們才像是壞人……」

「對敵人慈悲就是對自己殘忍。」

「可是……這樣真的不會太過火嗎？」

「如果是『白色死神』，為了快點解決掉所有敵人也會這麼做的。」

「原來如此，那就多放幾發『火炎術』吧。」

這人對「白色死神」的憧憬好沉重，只要是「白色死神」的命令，他好像不管做什麼都會心甘情願。

「不准動！」

此時，假海溫的聲音突然藉著學校的廣播系統響了起來。

大概是部下已經被我殺得差不多，終於受不了了吧。

就跟我預測的一樣。

「別忘了二年異班的同學還在我們手上，要是不想要我殺了他們，就別輕舉妄動。」

「鳴鏡學長，探測到發話源了嗎？」

我趕緊趁這時問向白鳴鏡。

「假海溫是在哪裡進行廣播的？」

「他在屋頂。」

想必左櫻也在那邊吧。

——終於抓到你了！

我暫時切斷「ＬＳ通訊器」，接著的話，可不能讓白鳴鏡聽到。

「假海溫啊！」

我對著天空大喊，而我相信他應該聽得到我的話。

「你既然會扮演『白色死神』，那應該知道我是怎樣的人吧？」

我開始吟唱咒語。

「想拿人質威脅我，實在太天真了！」

除了任務要保護的對象外，沒有人值得我放在心上。

只要是敢阻礙我的事物，我就會盡全力將其排除。

「所以，你們全都去死吧！」

——不管是敵人還是其他事物。

熾熱的光芒從校舍內各個角落乍現。

我一口氣引爆所有校舍中的炸彈，將所有東西炸飛。

火海填滿了學校內部，堵住了所有逃生出口。

「這樣子，假海溫就只能被困在屋頂了。」

而我也不用擔心他殺死左櫻，因為那是他最後能進行談判的籌碼。

當然，他也有可能直接從上頭跳下離開，但是我並不擔心這點。

他的行動，讓我感覺出他對白色死神有股深沉的執著。

我相信他一定會在上頭等待我過去的。

「趁這段空檔，得快點去救二年異班那些人才行。」

為了關住那些同學，「右」封起了教室，只在門外看守，但這反而成了敗筆。

爆炸的餘波掃光了所有敵人，但是建造良好的教室完美地保護了同學，讓他們逃過一劫。

不過要是不快點過去，大火和濃煙還是會悶死他們吧？

坦白說，我不是沒想過乾脆燒死他們算了。

這樣對「ＬＳ任務」也是好事，畢竟同班同學都死光了，就不會有人試圖接近左櫻了。

之後再把大量殺人的罪過都推給「右」就行了。

「不過……似乎不能這麼做呢。」

我腦中浮現左櫻的臉。

要是同班同學都死了，想必她一定會整天以淚洗面吧？我可不想獎勵金額被扣光。

「真是沒辦法，還是費點心思吧。」

我走到學校的某個角落，打開牆壁上的暗格。

身為一個專業的隨扈，做足各種準備和保險是應該的。

經過二十秒的裝扮後，我照了一下鏡子。

「完美無缺。」

確認沒問題後，我朝向二年異班衝了過去，裡頭正因為恐慌而亂成一團。

「已經沒事了。」

化身成左櫻的我，打開門跟大家說道：

「敵人都被我打倒了！大家快跟著我逃！」

「咦？異端公主……」

「沒時間了！快跟我走！」

我用強硬的氣勢，壓過可能出現的質疑。

不可能用「白色死神」的模樣拯救他們，當然，在他們印象中重傷的奈唯亞也不可能。

唯一能出現在他們面前的人選，只有左櫻。

而且，我這麼做還有個用意。

在我的帶領下，所有人慌忙逃出了班上，但沒走幾步路，我們就被迫停了下來。

「……大火蔓延的速度還真快。」

熊熊大火和黑色的濃煙填滿了走廊，完全無法通行。

看到這個毫無生路的情景，所有人都露出了絕望的表情。

「現在還不到絕望的時候。」

我回過頭來，對所有同學露出希望他們安心的微笑後，轉身面對大火。

「各位同學……」

背對他們的我，低聲說道：

「你們能保證接下來見到的事情，絕對不外傳嗎？」

看著舉起魔杖的我，所有人都露出有些疑惑的表情。

「辰星在上，以六為數，奉北為方，玄冥玄武聽我號令——」

我頭髮上的櫻花頭飾，亮出了熾熱的光芒。

「『水龍術』！」

不得不說，「左」為了左櫻的魔法真的是做足了準備。

牆壁中不只埋了炸彈，還埋了大型的儲水桶。

只要使用水系魔法，這些水桶的水就會開始從牆壁的隙縫處開始大量滲進來。

——轟……

從遠處傳來了低沉的聲音，就像是巨人逐漸踏步往這邊前行。

——轟隆隆隆！

伴隨著地鳴和搖晃，大量的水從遠方淹了過來。

「大家手牽著手，站穩了！」

我率先伸出手去，二年異班的同學聽到我這麼說，互相伸出手來拉著彼此。

足以填滿一半走廊的水就像是巨龍一般衝了過來。不只消滅了一樓的大火，也瞬間吞沒了所有同學。

可能是水撞擊的力道出乎大家意料之外，還是有兩、三個同學被捲走，被激烈的水流給帶離。

我朝向走廊的正後方看，因為剛剛的爆炸，後方的牆上有著許多外露鋼筋，要是以這速度撞上去，就算不死也會重傷。

發現此事的同學發出了驚叫，眼看被沖走的同學就要被這些鐵條給刺成串——

「鎮星在上，以五為數，奉中為方，后土麒麟聽我號令——」

我頭上的髮飾再度發出光芒。

「『土壁術』！」

開啟暗藏在天花板中的機關。

一道牆壁就這樣突然從天而降，「砰」的一聲封住了走廊。

被中途攔截的同學撞到新增的牆壁後停了下來，總算是平安無事。

「全部人跟緊我，一個人都不能死。」

我舉起魔杖，繼續走向前說道：

「既然被稱為『異端公主』，那保護二年異班的大家，就是我必須做的事。」

接下來的路程一路順遂。

很快地，我們就脫離校舍，來到了安全的地方。

「『異端公主』，妳……」

二年異班的同學指著我手上的魔杖，有些遲疑地問道：

「妳難道是……」

「抱歉，一直沒跟大家講。」

我露出了有些歉疚的笑容。

「其實我是魔法使，怕身上的力量傷害他人，才一直不跟大家接觸。」

這本來是很難相信的事實。

但是感謝「右」製造的恐怖攻擊。

在此極限環境下，誰都毫不懷疑地相信了我的話。

「也請大家別擔心奈唯亞，我在剛剛已經用魔法治好了她。」

聽到我這麼說，所有人都露出了放心的表情。

雖然自己這麼說很奇怪，但我平常的人望塑造得還真是不錯。

「讓大家有了這麼恐怖的回憶，我很抱歉。」

我向大家鞠了一個九十度的躬說道：

「從明天開始，我會自行從班上消失。」

「……………………………」

聽到我這麼說，大家先是一陣沉默——

「別這麼說！」

也不知是誰帶頭的，他們拚命勸阻：

「這不是左櫻的錯！」、「原來妳一直身懷這樣的力量，真是辛苦妳了。」、「不要在意，這不是根本沒有人受傷嗎！」

所有人圍繞著「左櫻」，不斷溫情安慰眼中帶淚的我。

果然裝成被害者這招，不管到哪兒都受用呢。

雖然白鳴鏡將「魔法」的真相告訴我，是希望我將此事透露給左櫻知道。

但坦白說——

誰管他啊。

不管是「左」家的「試煉」還是「完全的孤獨」，這些都跟我完全沒關係吧？

我才不想背負這麼沉重的東西呢。

就算左櫻一輩子相信自己有魔法——就算同學都誤以為她有魔法，那也沒關係。

我只會忠實的履行契約，完成「LS任務」。

只要她幸福就好。

只要她不會流淚就行。

身為奈唯亞的我，不知道怎麼安慰她。

那麼，就不要讓她因為孤獨而落淚吧。

總有其他人能安慰她的。

在朋友的圍繞下，希望她之後能過得稍微幸福些。

「那就麻煩大家了，今天的事情，請大家當作我們之間的祕密，絕對不要提起。」

我伸出手指抵住嘴唇。

「要是我有『魔法』的事傳出去，那有可能會再發生今天這種事，我不想再將大家捲入生命危險中。」

聽到我這麼說，所有人都點點頭。既然事關他們的生命，想必他們應該也不會亂說吧。

那麼——接著就是最後一役了。

我轉過身去，重新走回校舍。

「左櫻，妳要去哪裡？」

「我要去解決這一切的罪魁禍首。」

頭部和腹部的傷口再度疼痛起來，我差一點就要露出原本的陰險笑容。

「竟敢讓我的同學陷入險境，我要讓他見識到何為地獄！」

雖然一樓被我剛剛用「水龍術」給澆熄了火焰，但其他樓層還是不斷燒著大火。很快地，一樓又死灰復燃，充滿了大火和濃煙。

雖然想再使用幾次水龍術，但可能是剛剛鬧得太過火，外頭已經開始群聚圍觀的群眾，遠處也聽到了消防車的聲音。

畢竟「ＬＳ任務」中有一條是不能涉及會被發現的犯罪行為，我得低調點才行。

敵人只剩一個，就是那個假的「白色死神」。

我按了一下耳中的「ＬＳ通訊器」，白鳴鏡的聲音馬上傳了過來。

「奈唯亞，雖然我盡力阻止消防車到場，但已經到極限了。」

「還有多久時間？」

「五分鐘。」

「夠了。」

我卸下身上的偽裝，恢復成海溫的模樣。

使用所剩不多的力氣，我爬出窗外，開始徒手攀登校舍。

夜晚的寒風好冷，校舍高到讓人想要詛咒。

因為是「聖誕祭」，遠方的燈飾不斷閃爍著絢爛的光芒。

「計畫總是趕不上變化呢……」

一開始時，我希望左櫻維持原本的樣子，在班上徹底地被孤立，不受任何人的歡迎。

因為這樣就不可能會有人向她告白了。

但是相處一陣子後，我驚覺這樣是不行的。

為了接近她，我化身成奈唯亞打入她的心。

她原本緊密的心被我打出一個洞，使得裡頭的渴望不斷流瀉而出。

從那刻起，她就再也無法忍受孤獨了。

「真是諷刺啊……」

正是我毀了這一切。

要是我當初選擇什麼都不做，只是在暗中保護左櫻，這個任務說不定簡單至極。

不過現在說這些都遲了。

自從和我訂定主從契約後，左櫻不斷流淚。

在短短不到一個月的時間中，我的酬勞就少了十分之一，而且更糟糕的是，我不知道怎麼停止這一切。

所以，我剛剛才選擇了假扮左櫻，拯救班上的同學。

我想讓她在班上大受歡迎，並藉此消滅她的孤獨和可能落淚的機會。

「但是……接著就必須擔心有男生對她告白了。」

所幸我也想了一些對策，來防堵這件事。

除了用奈唯亞的身分魅惑所有男同學外，我還準備了另一道保險。

要怎麼讓左櫻拒絕所有男人呢？

很簡單。

只要讓她先戀愛就行了。

這就是所謂的「釜底抽薪」之計。

只要讓她先愛上他人，那她當然不會理會其他男人。

這才是完成「ＬＳ任務」真正該做的事。

我真是傻瓜，竟然現在才想到此事。

「奈唯亞，雖然已經拉起封鎖線，但圍觀的群眾依然非常眾多。」

就在我即將抵達屋頂時，耳朵傳來白鳴鏡的聲音。

「從現在開始，應該盡量避免使用大型魔法。」

「明白了。」

人潮以肉眼可見的速度湧了過來，好在大火的濃煙遮住了我的身影，才沒被觀眾發現有個可疑的人影正在攀登屋頂。

「鳴鏡學長。」

我向他道歉。

「抱歉，我選擇了不將『魔法』的真相告訴左櫻。」

「沒關係，是我不好，竟然將這麼沉重的責任壓在妳身上。」

即使如此也不責怪我，這傢伙的個性真好。

「總有一天，就由我親口告訴左櫻小姐吧。」

「你果然是喜歡左櫻的嗎？」

之前都還打算跟她告白了。

「要說喜歡……應該也不盡然。」

白鳴鏡輕笑道：

「真要說的話，應該是尊敬。」

「尊敬？」

「即使被左家施了名為魔法的詛咒，她依然堅強的忍受孤獨活下去。」

「嗯……」

「她一句喪氣的話都沒說，也從來沒有逃避自己的力量。為了不傷害他人，她甚至願意扼殺自己的心長達十年之久，身為親衛隊的我看在眼中，不由得尊敬起這樣的人。」

「沒錯，若是我的話，肯定是做不到的。」

利己主義的我，絕對不可能委屈自己到這種地步。

「她是我繼『白色死神』後第二尊敬的人。所以，與其說是我想告白，不如說是我想尋求一個和她在一起的契機。」

像白鳴鏡這麼優秀的人若是待在左櫻身邊，想必一定是一對很登對的情侶吧。

但是很抱歉，為了我的「LS任務」，我會盡全力妨礙你的。

「差不多要切斷通訊了，奈唯亞。」

白鳴鏡的嫌疑還沒洗清，不能長久待在「魔法控制室」中。

是因為我的大肆胡鬧，一團混亂的左家才有了可乘之機，讓他溜了進去。

「我已經設定好了，接著即使沒有我的支援，妳也能透過咒語直接發動魔法。」

「謝謝。」

「別輸給那個膽敢假冒『白色死神』的混蛋喔。」

「交給我吧。」

我大概猜到那個人是誰了。

雖然不敢完全確定，但他大概就是過去在我額頭打出彈痕，對我說出「你都不覺得你自己很卑鄙嗎？」這句話的人。

假的「白色死神」拿著槍抵著左櫻，左櫻的雙手被繩子反綁在後面。

站在我面前的他，是海溫的模樣，這種彷彿在照鏡子的感覺真是令人不愉快。

不過可能是被剛剛的大爆炸波及，他的臉出現了些許裂痕，從破洞處只有一片黑暗，什麼東西都看不到。

我往前走了幾步，看到我的面容後，左櫻露出不可置信的模樣。

「怎麼會有兩個『白色死神』？」

「我才是真正的『白色死神』——傳說中的隨扈。」

我向左櫻行了一個禮。

「我受奈唯亞的請託來到此地，保護左櫻大人。」

「奈唯亞？」

左櫻先是一愣，接著大喊道：

「奈唯亞她沒事吧！」

「放心吧，我已經將所有人打倒了，而奈唯亞也平安無事，正在醫院療傷。」

「太好了……」

——任務獎勵扣除一億元。

「真是太好了……我的願望真的實現了，『奇蹟』發生了。」

左櫻的眼淚從眼中不斷湧出。

「哼哼……」

假的「白色死神」發出了一連串的冷笑。

「哼哼哼哼哼——哈哈哈哈哈！」

「有什麼好笑的嗎？」

「我終於見到你了！『白色死神』！」

他的臉上，露出了瘋狂且扭曲的笑容。

「我就知道，只要假扮成你的樣子，遲早能見到你！」

「原來你就是為了這個才假扮成我的啊。」

「每次的暗殺任務都被你妨礙，這十年的都是，每一次、每一次、每一次、每一次、每一次、每一次、每一次我們要殺的目標都會被你守護！」

「那還真是遺憾。」

「為了更接近你，只要一得知你會什麼特殊技能，我就會跟著去學習。隨著時間過去，我會了易容術、也學會了改變聲音和使用毒針的技術。」

果然如我所想，是個對「白色死神」有無比執著的人。

「但是，這仍不夠！自從打傷你這個卑鄙小人的額頭後，我就無時無刻的念著你。」

他的雙眼中，燃滿了黑色的火焰。

「我想殺了你！我想殺了你——瀰漫在我心中的殺意，肯定不輸給這世上任何一種感情！」

聽到這麼激烈的自白，就連左櫻都有些退卻。

「雖然表面上裝作沒事，但我知道的喔，你已身負重傷。」

假海溫說得沒錯，光是勉強自己站著就讓我感到吃力無比。

本想說要是有空隙的話，說不定能帶著左櫻逃走。

但他是個不亞於我的高手，這樣的想法實在太過天真。

我必須打倒他才行。

「那麼，接著你打算怎麼做呢？」

我張開雙手，以輕鬆的態度問道：

「現在在這邊開槍殺了我嗎？」

「光是這樣，怎麼能消滅我那龐大的恨！」

可能是見到我就已達成了他的主要目的，他放開了懷中的左櫻，被反綁雙手的左櫻失去平衡，「砰」的一聲倒在了地上。

「我要讓所有人都知道你的真面目後，再殺了你！」

他從懷中拿出一顆黑色的膠囊，放在平攤的手掌上。

「這是我自製，只要吞下去就會馬上致死的毒藥。」

假海溫露出如我一般的奸險微笑說道：

「來吧，『白色死神』，由你來做選擇——」

「你和左櫻，誰要將這顆毒藥吞下去？」

「…………」

原來如此，來這招啊。

知道我本性是如何的他，想要逼迫我在保護對象前背叛她。

想必在他身上，有足以拍攝這段過程的微型攝影機吧。

只要將這段影片流出去，那麼「白色死神」的職業生涯就算是走到了盡頭。

那麼，要選擇左櫻的死，還是「白色死神」的死亡呢？

這根本沒有什麼好猶豫的吧。

我拿起毒藥，走向倒在地上，完全沒有反抗能力的左櫻。

「哈哈哈！我就知道！你就是個卑鄙到極點的人！」

假海溫愉快地在我身後大喊道：

「這樣的人竟還妄想保護他人！真是太可笑了！你永遠只會選擇自己！永遠只會為了自己的利益而行動！」

可能是做好覺悟了，左櫻完全沒有逃跑，只是眨了眨大大的眼睛，直直地看著我。

我站立在她面前，對她露出了笑容。

「左櫻小姐。」

「接著就交給妳了。」

我仰著頭，將毒藥吞了進去。

下一剎那，劇烈的痛楚瀰漫我的全身！

青筋和血管以肉眼可見的速度從我身體內部浮現出來，就像是要爆開一般。

我感到喉頭一甜。

大量的血從我口中噴了出來，我「砰」的一聲倒在了地上。

「咦……」

假海溫陷入了混亂。

「咦？咦？咦？咦？怎麼會……怎麼會……？」

——啪！

「不可能會這樣的啊……他怎麼可能會選擇犧牲自己拯救別人……」

大受打擊的他，臉上的裂痕越來越密、越來越密——直至臉上布滿了裂縫。

「他怎麼可能就這樣死了？這不可能、不可能……」

假海溫的身子不斷搖晃，就像是站不穩的模樣。

「熒惑在上，以七為數——」

此時，一道光芒突然亮了起來。

假海溫轉頭一看，結果看到了拿著魔杖站起身來的左櫻。

想不到吧？我剛剛倒下去時，可是順勢將綁著她的繩子給割斷了喔。

「奉南為方，祝融朱雀聽我號令——」

只將注意力放在我身上，就是你最大的敗因。

「『火炎術』！」

左櫻用魔杖指向假海溫。

一股熱量從假海溫站立的地板湧現，將他炸飛。

有如破布一般，他飛到了高高的空中後，「砰」的一聲落了下來。

「可、可惡……」

趴在地上的他掙扎道：

「那彷彿是『魔法』的力量到底是什麼……竟連左櫻都會。」

「如你所見，那就是『魔法』喔。」

我抹了抹嘴邊的血，站了起來。

「咦？你怎麼……？」

看到我像是沒事一樣，不管是左櫻還是假海溫都目瞪口呆。

「這次還真危險，我還以為自己真的要死了呢。」

假海溫調製的毒確實猛烈。

不過為了怕發生這種事，我平常就會不斷攝取毒物，讓自己擁有可以抗毒的體質。

「要是連吃個毒都不會，那當個隨扈可是活不下去的喔。」

「你、你這個怪物——！」

「終於，輪到我的回合了。」

面帶微笑的我，用左手抓住假海溫的領子將他提了起來。

一直以來儲存的力氣，就是為了用在此刻。

——砰！

我揮出拳頭，毫不留情地打在他臉頰上。

「要是再敢對左櫻動手，我保證讓你生不如死。」

堅硬的拳頭，深深地壓進他滿是裂痕的人皮面具中。

「我會毫不留情地對你的家人下手，將你所有珍視的事物全都毀掉！」

我露出絕對不能讓左櫻看到的扭曲笑容。

「聽好囉！要是你敢繼續阻礙我——」

將嘴巴貼到他的耳朵旁，我以只有他聽得到的聲音說道：

「我保證將你的四肢拆掉、內臟挖掉！然後再想辦法讓你以這樣的狀態度過剩下的人生！」

——砰！

毫無保留的一拳，讓假海溫的身體騰空，從屋頂邊緣處落了下去。

他臉上的假面具「啪」的一聲破碎，露出了些許本來的面目。

不知道是不是我的錯覺，聽到我這麼威脅他，身處在半空中的他反而露出了微笑。

——不管做了多少好事，保護了多少目標，你的本質都不會變。

看著他那欣喜的笑容，我彷彿感受到他在向我這麼說。

——你永遠是那個卑鄙小人，那個我認識的白色死神。

「他、他死了嗎？」

左櫻從身後小心翼翼地問道，我趕緊收回陰沉的表情，露出和善的微笑。

「放心吧，這種程度是殺不了他的。」

坦白說，我本來想殺了他以絕後患的，但左櫻就在旁邊，再怎麼樣都不可能在她面前殺人，所以這次只好饒過他了。

「他究竟是誰呢？」

「是個過去和我有因緣的殺手，一直自稱自己是『無名』。」

「『無名』……？」

「他的事不重要，現在我們有更急迫的事必須做。」

我在左櫻面前彎下腰，伸出手說道：

「來吧，我們必須快點逃離這個地方。」

「逃走……要怎麼逃？」

左櫻看著底下的校舍，不管是那一層樓，都瀰漫著漫天的大火，滾滾的黑煙從樓梯間竄出，根本沒有逃難的通路。

「既然走不下去，那就乾脆用飛的吧。」

我一臉輕鬆地指著天空說道：

「你不是有魔法嗎？左櫻小姐。」

「…………」

左櫻沉默了一會兒後，向我問道：

「從剛剛我就想問了，你怎麼知道這事？還在倒下時叫我用魔法攻擊『無名』？」

「是奈唯亞和我說的。」

「喔……原來是她。」

「沒時間了，左櫻小姐，我們得快點用飛的逃離這邊才行。」

「可是……飛翔的魔法……」

左櫻臉現猶豫之色。

「我從沒用過這樣的魔法，我怕它失控。」

「安心吧，左櫻小姐。」

我對她露出親切的笑容。

「其實我也會使用魔法，是個魔法使。」

聽到我這麼說，左櫻驚訝地瞪大眼。

「我就是一路用『火炎術』過關斬將，才能打倒那麼多敵人來到妳面前。」

「可是……就算你也會使用魔法，但那又如何？」

「這意味著，只要我在妳身旁，妳的魔法就不會失控。」

我拉著她的手，來到了屋頂邊緣。

「……真的可以嗎？」

看著底下的無底深淵，左櫻發起抖來。

「我的魔法曾經讓母親消失、也曾扭曲他人的心智，甚至還讓好不容易交到的朋友重傷——」

「但是在最後，也是妳的魔法，招來了我這個『白色死神』。」

我強硬地打斷她的話，用手握住她柔軟的手，抑制住她的顫抖。

「因為有妳的拚命祈願，今天才沒有任何人受傷。」

「我……沒有錯嗎？」

「是的，不只今天的事沒錯——」

「過去的十年，妳也沒犯下任何過錯。」

所以，不要再哭了。

往前踏步吧。

「上面有人！」

底下的群眾似乎終於發現了屋頂的我們。

「快救他們啊，火已經燒到那兒了！」

他們指著我和左櫻，不斷大聲呼喊。

「今天是『聖誕祭』，那麼出現一點『奇蹟』，也是理所當然的事吧？」

彷彿從我的話中得到了勇氣，左櫻握緊了手上的魔杖。

「身負魔法之力的公主啊，時候到了，讓我們一同展現力量給大家看。」

我將我的手疊了上去，一同和她吟唱咒語。

「鎮星在上，以五為數，奉中為方，后土麒麟聽我號令——」

左櫻頭上的髮夾，就像是要割開暗夜一般，閃出了至今為止最亮的光芒。

「『浮游術』！」

向著眼前的黑暗，我們一同邁出步伐。

一大片肉眼不可視的透明強化玻璃，從屋頂的邊緣處向外延伸出去。

就像浮在天空，我和左櫻手牽著手，不斷的向前邁步。

異於常理的風景，讓底下的人看傻了眼，陷入了一片靜寂中。

但這片沉默只是一瞬間而已。

「嗚喔喔喔喔喔喔喔喔——！」

沒過多久，巨大的歡呼聲就爆了出來！

認定這就是這次「聖誕祭」奇蹟的他們，不斷的鼓掌、歡呼。

「看前面，左櫻小姐。」

牽著左櫻的我指向前方。

「嗚哇……好美……」

左櫻發出驚嘆聲。

眼前是如畫一般的美景。

無數的聖誕燈飾填滿了遠方的天空，而我們的下方則不斷閃著手機的光芒。

五顏六色的光彷彿化作了實體，將我和左櫻包裹其中。

我們踏著這片璀璨，不斷的往前、往前。

「『白色死神』先生……」

「叫我海溫就好。」

「那麼，同是魔法使的海溫先生，我想問你一個問題。」

臉上有著淡淡笑容的左櫻向我問道：

「你認為魔法是能帶給人幸福的東西嗎？」

「這個問題的答案，其實應該問妳自己。」

「怎麼說？」

「除了我之外，妳是我這輩子第一個遇到的魔法使。」

我看著她，露出微笑道：

「既然魔法使的數量屈指可數，那不就表示若是妳幸福，就證明了魔法其實是可以帶給人幸福的事物嗎？」

「嗯……」

聽到我這麼說，左櫻思考一會兒後點了點頭。

「我想要證明……我的魔法是可以帶給人幸福的東西。」

我不知道她為何會下這樣的決定。

但是一掃之前對魔法的畏懼，她的目光充滿了堅定不移的意志。

「那麼，就讓我助妳一臂之力吧。」

我從懷中掏出一個絲製的手環。

「這是能控制魔法力量的手環，只要戴在手上，就不用擔心魔法失控。」

我單膝跪在了左櫻面前。

可能是有些害羞吧，左櫻的臉微微泛紅。

「這是僅為左櫻小姐準備，特別的十六歲生日禮物。」

群眾的歡呼聲、溫柔的聖誕歌曲、絲毫不遜星光的熾熱燈火。

我牽起左櫻的左手，將手環戴上。

「在這個『聖誕祭』的夜中，讓我為妳施加一個最特別的魔法吧——」

「願妳之後，都再也不會遇到足以讓妳哭泣的事。」

終章 剩餘報酬：89億

隔日，在醫院的病房中。

「今年的聖誕祭『奇蹟』是愛情！」

電視新聞中，主播開心地說道：

「即將被大火燒死的情侶，突然從天空中逃出了生天，被這樣浪漫的情景刺激，不少情侶決定在之後結婚。他們有自信，目睹此『奇蹟』的他們，婚姻一定會順遂、幸福。」

坐在病床旁，穿著女僕服的左歌站起身，默默地把電視關掉。

「真是圓滿的結局啊，不是嗎？」

躺在病床上的我笑道：

「危機解除了，無人傷亡，大家都得到了幸福，不是很好嗎？」

「是啊，要是不知道你的『真正意圖』的話。」

左歌手按著頭，像是頭很痛的樣子說道：

「我真後悔那時沒有讓你去死。」

五色高中的校舍被燒掉了，必須重建。

這次的事件，以不明原因的大火作結了。

有關「右」的襲擊和左獨的死亡，什麼都沒報導，我想大概是「左」在暗中處理和控制情報的結果吧。

而且最為奇怪的是，本來死去的左獨隔日又出現在公開場合，就像什麼事都沒發生一樣。

「啊啊……」

煩惱無比的左歌雙手抱著頭說道：

「我、我到底要不要告訴大小姐真相啊。」

「不准，妳可是我『LS任務』的副手耶。」

「可是這真的太過分了……」

「這哪裡過分了？昨晚的事不是所有女生都夢寐以求的發展嗎？」

在陷入絕境時，一位白馬王子突然出現拯救一切。

「前提是那個人真的是王子！」

「昨晚我的表現不像是一個有魅力的紳士嗎？」

「是很帥氣沒錯……不對，重點不是那個。」

左歌搖了搖頭後說道：

「你是刻意這麼做的，為了讓大小姐傾心於你！」

聽到左歌這麼說，我不由得露出「奸計得逞」的笑容。

「妳的大小姐因為海溫而得以品嘗戀愛的滋味，我倒覺得妳該感謝我才是。」

「感謝？那你倒是跟我說說，接著打算怎麼做？」

「那當然是偶爾以海溫的身分出現在左櫻面前，然後讓她飽嘗遠距離戀愛和思念之苦。」

「我就知道！你刻意讓她愛上不存在的人！就為了讓『LS任務』成功。」

沒錯。

先是用奈唯亞的身分吸引所有男生，接著再用海溫的身分讓左櫻傾心於我。

只要有了這兩道保險，那左櫻就不可能和他人談戀愛了。

「這樣我就能高枕無憂，等兩年後的酬勞到手了。」

「你這人渣！」

左歌將手上的蘋果往我這邊砸來！

「我本來還想削蘋果給你吃的！氣死我了！像你這種卑鄙小人，還是自生自滅算了！」

我的行為大概真的觸碰到她的逆鱗了吧。

雖然還是面無表情，但她氣得雙肩不斷起伏，踏著重重的腳步走出了病房。

「表姊。」

我在她即將離去時叫住了她。

「做什麼？人渣別跟我說話——」

「謝謝。」

「…………」

「要不是妳，我這次一定會死掉，謝謝妳救了我。」

「……別以為這樣我就會原諒你。」

背對著我的左歌低聲說道：

「若是你敢玩弄大小姐的感情，我、我就——」

可能是想不到怎麼威脅我吧，她停頓了一下。

「對，我就把你趕出家門！」

妳是孩子正在叛逆期的父母嗎？

看來她已經習慣我住進她家的事實了，竟然還用這種事威脅我。

「總之，給我好好反省！」

左歌「砰」的一聲把門關上！

雖然她表現得很憤怒的樣子，但是我感覺得到，在我道謝後，她的怒氣已經消減不少。

真是個好打發的人，感覺人生就會過得很辛苦。

不過她畢竟是我副手，關係弄僵就不好了，之後得找機會好好彌補才行。

「好了。」

機會難得，就在這邊好好養傷吧。

「順道……等待『那個人』出現。」

當天，醫院的深夜。

感受到有人靠近的氣息，我迅速地睜開眼。

「真不愧是『白色死神』。」

站在我床邊的人手掩嘴露出輕笑道：

「我明明就一點聲音都沒發出來。」

「要是連這點功夫都沒有，怎麼當隨扈呢。」

當看到她時，我就確信我的推理是正確的。

——**「左獨」不是名字，而是類似代號或是記號的東西。**

所以，和我簽訂契約和被「右」殺死的左獨只是個替身罷了。

我猜大概是從「親衛隊」中挑選適合的人，然後一直在公開場合扮演左獨吧。

真正的左獨一直躲在暗處。

——**完全的孤獨能使人強大。**

孤獨，才是左獨真正的力量。

只要永保孤獨，就不怕被暗殺，也不怕被任何人影響。

這次的事件，「右」打從一開始就不會成功。

「能見到妳真是太好了。」

我對面前的人露出輕笑。

「很榮幸見到妳，真正的左獨，不，應該這麼稱呼妳吧——」

「左櫻的母親。」

出現在我面前的人皮膚非常白皙，就像是長年生活在見不到人的地方。

她穿著黑色西裝套裝，留著及肩的馬尾，脖子上披著一條長長的紅色圍巾，耳上戴著水晶耳墜，整體造型非常俐落乾淨。

要是左櫻長大後說不定就會變這個樣子吧——她就是給人這樣子的感覺。

「妳真正的名字是什麼？」

「當我繼承當家之位後，我的名字就消失了，所以你直接稱呼我為左獨吧。」

「好的。」

「雖然有留下些許線索，但我還真沒料到你這麼快就發現這一切，你是什麼時候察覺的？」

「從左櫻談起十年前的過往時，我就感到有些違和了。」

——「從那天起，父親幾乎不曾出現在我面前，就算偶有碰面，也只是冷冷掃我一眼，連一句話都不肯跟我說。」

「若是認真要讓左櫻完全孤獨，連家人都不能依賴，那真正有效的方法，應該是在見面時，故意刁難左櫻或是怒罵她，根本就沒有理由避不見面。」

之所以會有這種反應，只有一個可能——

——那就是左櫻的父親早就換一個人了。

「因為他不想被左櫻察覺此事，所以才對她這麼冷淡。」

「沒錯，繼續說。」

「當想通此事後，我就開始思索，若不是父親繼承當家之位，那真正繼承的人會是誰呢？」

其實當有這個疑心時，答案也就呼之欲出了。

「當我跟替身左獨談起完全的孤獨時，我的想法得到了進一步的印證。」

——左櫻的母親和父親本來感情很好，但在這樣的久病折磨下，兩人的感情終究還是生變了。

「他一直以第三人稱說明此事，就像是在說別人的事。」

——左櫻的母親之所以久病不起，是因為第六任當家一直注射病毒。

——可能是不願意看到自己深愛之人逐漸邁向死亡，也可能是想要逃離照顧病人的辛苦，左櫻的父親終於在某天崩潰，逃離了這一切。

——最終，「試煉」結束了，左櫻的母親徹底消失於這世上。

「這些話讓我確信，左櫻的母親才是真正繼承當家之位的人。」

所謂的消失，指的是抹消原本的存在，成了為「左」奉獻的左獨。

「真是不簡單。」

左獨輕輕拍著手掌笑道：

「『白色死神』之名，名不虛傳。」

蒼白的月光映照著左獨的側臉，讓她多了一股虛無縹緲的氣質。

「白色死神，你認為這世間有沒有亙古不變的感情呢？」

「我不知道。」

因為我從沒在他人身上投注特別的感情過。

「十三年前，我的父親要我繼承左獨之位，我不願意。於是，我和他立下了『賭約』。」

左獨轉著手指，露出微笑道：

「只要我的丈夫撐過『試煉』，當家就會放我、丈夫和左櫻自由，離開這座島。」

「也就是說，妳是在知道『試煉』內容的前提下，接受考驗的嗎？」

「是的，那時的我還很天真，自信的認為真愛能克服一切。」

深知人性為何的我，知道這是多麼空虛的漂亮話。

「我的丈夫一開始時，表現得像個體貼的丈夫，努力服侍我吃飯、沐浴和按摩身體，但是照顧病人的生活是非常辛苦的，我無法為他做任何事，而他卻得每天都被綁在病房中，隨著我罹病的時間越來越長，事情開始改變了。」

一年、兩年、三年——

「日子不斷流逝，丈夫的照顧一天比一天不用心，來病房的次數也開始漸漸變少。」

——**「起初爸爸還會陪我去，但是隨著日子過去，會造訪母親病房的只剩下我。」**

「……最後怎麼了。」

「結局很平淡。」

左獨淡淡地說道：

「最終，變心的他拋下我和左櫻，和別的女人離開了島，而我則繼承了左獨之位。」

「……」

「那時看著離去的他，我突然意識到了——這世間沒有亙古不變的感情。」

左獨的微笑中，什麼都沒有。

「所以，我不願我女兒嘗到和我那時一樣的心碎。」

「因為這段過往，所以妳為左櫻制定了『魔法』和『LS任務』嗎？」

妳以「魔法」和「LS任務」，試圖將她變成跟妳一樣悲慘的人。

「妳希望她完全的孤獨。」

「……」

「所以即使女兒陷入不幸，妳也沒有停手。」

「…………」

「用魔法消滅『友情』，用『LS任務』消滅『愛情』，妳消滅所有她能得到的感情，這一切都是為了打造完美無缺的左家繼承人，是嗎？」

聽到我這麼說，左獨陷入了沉默。

真是太可怕了，即使是我都有些膽寒。

「左」的黑暗深不見底，為了得到完全的「孤獨」，竟願意做到這種地步——

「等一下，你在說什麼啊。」

左獨歪著頭，滿頭問號。

「你該不會是把我想成因為過去創傷，所以價值觀扭曲的母親吧？」

「咦？難道不是嗎？」

「當然不是啊！」

左獨雙頰鼓了起來，自然地做出這種不像她年紀的舉動，反而有些可愛。

「我雖對離去的丈夫很失望，但我可是很疼愛左櫻的。」

「那之前替身左獨提的『完全的孤獨』──」

「那是前任──也就是我父親的觀點，坦白說我覺得那實在是太過偏激，簡直莫名其妙。」

「……如果妳不認同那樣的觀點，那妳為何堅持實現左櫻身上的願望，讓她誤以為自己有魔法呢？」

「原因有二。」

左獨豎起兩根指頭。

「最主要的目的，是我不想讓她知道我還活著，也不想讓她知道過去父親做了什麼，以免她難過。」

「但若只是為了這個目的，會做到如此誇張的程度嗎？」

讓左櫻因為自責而孤獨了十年。

甚至不惜引爆體育館，造成同學生命危險？

「要是那時我不這麼做，你和左櫻就會被『無名』殺掉吧？為了救你們，我是不得已的。」

左獨把玩著身後的馬尾說道：

「事實上，所有可能會牽連到無辜之人的『魔法』，我都會控制火力，也會請『親衛隊』馬上進行施救。體育館那次，不就沒人傷亡嗎？」

「確實……」

「我的女兒很善良，不會亂用魔法，就算她真的要施展過於危險的魔法，我也不會讓它發動。」

難怪使用魔法的最後一道程序，是必須經過「親衛隊」同意，開啟「魔法控制室」裡頭的機關。

「那麼第二個理由呢？」

「讓女兒如此孤獨，我也看了很不忍心。」

左獨深深地嘆了口氣說道：

「但這是沒辦法的事。」

「什麼意思？」

「因為她的命比什麼都重要。」

左獨手撫著自己的胸口說道：

「你昨天也看到了，時不時的就有人想暗殺我。」

事實上，昨天就有一個左獨的替身被幹掉了。

「要是敵人知道左櫻跟我的感情很好，那她就會陷入危機吧？」

「沒錯。」

敵人會找機會對左櫻下手，並藉著左櫻控制和限制左獨。

「雖然我不認同父親的觀點，但孤獨確實有好處，這樣只要有人接近左櫻，我就能提早防範。」

「原來如此。」

用了十年的時間，左獨總算塑造出他跟左櫻感情不好的形象，也用完全的孤獨，來當作保護她的防護罩。

「不過，她的孤獨似乎被你打破了？」

左獨微笑看著我說道：

「你不是假扮她的模樣去拯救同學嗎？」

「……我是不是不該這麼做呢？」

「沒關係的，要是能選擇的話，我當然會希望女兒過得幸福點。」

「不會擔心她被人襲擊嗎？」

「我和她感情不睦的假象已造成，而且現在她的身邊多了你，完全的孤獨對保護她來說，已經不再那麼必要。」

「感謝左當家的信任。」

「我可不是平白無故就信任你的。」

左獨露出了意味深長的笑容說道：

「我刻意放任白鳴鏡行動，還放出要在『聖誕祭』和左櫻見面的假消息，就是想藉此測試你，看你究竟是不是個值得信賴的人。」

「……原來妳在藉著白鳴鏡測試我。」

「別怪白鳴鏡喔，他根本不知道我的用意，這次在無意中立下功勞，我也讓他重回『親衛隊』中，當作他的獎勵。」

「那麼，我通過左當家的測試了嗎？」

「當然，不只遵守契約保護了所有人，也沒有採取任何會讓左櫻難過的行動。對你的實力，我給予高度評價。」

左獨笑著朝我伸出手來。

「再次請你多多指教，白色死神。」

我回握住左獨的手，她的手雖細小柔軟，但是其中蘊藏的力量十分驚人。

「嗯～～好久沒跟人說這麼久的話了。」

左獨伸了伸懶腰，站起身來。

「今天我來這邊，其實只是想跟你道謝而已。」

「道謝？」

「拯救了我的女兒，做母親的理所當然應該道謝吧？」

左獨露出了如花一般的笑容，我一瞬間有些看呆了。

天下聞名的左獨其實是這樣漂亮的女人，要是說出去，誰都不會相信吧。

「時間差不多了，我該走了。」

「左當家，最後我還有一個問題。」

「嗯？」

「為什麼……妳要委託我『LS任務』呢？」

如果妳真的很疼愛女兒，為何要讓她遠離戀愛？

「那還用問嗎？」

左獨再度露出美豔的笑容，緩緩說道：

「那當然是——」

「因為我不能忍受左櫻被那些骯髒的男人染指啊！」

「別看那些高中男生一副天真無邪的樣子，遲早他們都會長成跟我丈夫一樣的淫獸啊！」

「……………」

「不……並不是所有男人都是——」

「只要稍稍想像我那純潔可愛的左櫻，被那種噁心的生物擁入懷中的畫面，我就想吐！」

左獨雙手抱住自己的身子，皮膚還因為心理不適起了紅疹。

「左櫻才十六歲，要談戀愛還太早了、太早了！為了她的心理健康著想，我絕對不允許她在學生時代就談戀愛！」

好吧，我收回前言，她真的很疼愛女兒。

甚至可以說疼愛過頭了。

「對了，白色死神，說到這個。」

左獨雙手合十，微微歪著頭說道：

「我聽說你試圖以海溫的身分擄獲她的芳心，是嗎？」

一瞬間感受到殺氣的我，趕緊低頭大聲說道：

「我這都是為了『ＬＳ任務』的成功！絕無二心！」

「真的沒有想要藉機跟我們家可愛的左櫻交往嗎？」

「一絲一毫都沒有！」

「很好。」

左獨迅速地逼近到我面前，臉上掛著冰冷的微笑說道：

「要是你藉任務之便對左櫻下手，你知道下場吧？」

「小的保證，那是絕對不可能的事！」

「本來就連用海溫身分和左櫻談戀愛都是不允許的，但既然你是為了任務順遂才這麼做的，那就暫且觀察一下吧。」

「非常感謝左當家的寬宏大量！」

「那麼，容我最後再提醒你一次，若是任務失敗，讓左櫻愛上除了海溫以外的人——」

「我當然不領報酬，就此離開這座島！」

「不不不，都允許你用海溫的身分游走在犯規邊緣了，要是這樣還任務失敗，那當然要給點懲罰才行。」

「……左當家打算怎麼做？」

「這樣好了。」

左獨拍了一下手說道：

「要是任務失敗，那你這輩子就當奈唯亞吧。」

「嗯？」

我愣了一下後，才意會過來。

「左當家的意思，該不會是……？」

「沒錯，就是你想的那樣。」

左獨指了指我的胯部，做了個切除的手勢說道：

「要是你任務失敗，那我就會傾盡『左』家的力量——」

「讓你在生物學的定義上無法為男性。」

看著燦笑的左獨，我心想我的運氣果然差到了極點。

這是我第一次，打從心底後悔接了「ＬＳ任務」。

終章之後 剩餘報酬：89億

自從和左獨見面後，我在病房中過了平靜的一星期。
什麼都沒發生，風平浪靜。
除了每天會在病房外發現削成音符形狀的蘋果外，沒什麼特別的事。
等到我出院後，迎接我的是拿著花束的左櫻。
「奈唯亞！」
看到我後，左櫻馬上就抱了上來。
「我從凌晨三點等到現在，總算成了第一個迎接妳的人。」
現在是中午十二點耶？這心意也太沉重了吧？
不管是左獨還是左櫻都是，是不是做事都有變成偏執的傾向啊。
興奮的左櫻拉著我，來到了醫院旁的一座公園。
草皮上已鋪好了一塊野餐布，上頭擺著只能用豪華來形容的菜色。
「這是為了慶祝妳出院而準備的，希望妳喜歡。」
「謝謝左櫻大人。」

我和左櫻一同坐下，開始用起精美的料理。

這些日子都吃沒什麼味道的醫院餐，坦白說確實有些懷念左櫻的手作料理。

「妳不在的這些日子，同學們不知為何都來主動找我攀談，真是古怪。」

「那不是很好嗎？恭喜左櫻大人。」

之前假扮左櫻玩的把戲果然奏效了。

「不過我還是不太敢跟他們說話，這些日子在家中，我有加緊練習了。」

「練習什麼？」

「書中說，交朋友要從笑容開始，所以，我在練習自然的笑容。」

說到此處，左櫻突然扭捏起來。

「要是不介意的話，奈唯亞幫我看看好嗎？」

「當然沒問題。」

左櫻聽到我這麼說後，露出了不管誰看到都會迷上的盛大笑容。

不是啊，妳這不就做得很好了嗎？到底哪裡需要練習了。

就在我思考這種事時，認真的左櫻調整姿勢，變成了正坐。

「哼哼……」

「嗯？」

不知為何，她開始發出奇怪的聲音。

「哼哼哼哼哼……」

用單手摀住眼，她微微仰起頭。

低沉的笑聲逐漸變得高亢。

「哼哼哈哈——！」

狂氣無比的笑聲。

讓人覺得她應該是中學二年級的笑聲。

「………………」

看著她放聲大笑的模樣，我徹底無言。

笑了大概一分鐘之久吧，她轉頭問向我。

「如何，這樣的笑聲及格嗎？我交得到朋友了嗎？」

我覺得妳應該沒救了。

事後得知，她果然又是從左歌的漫畫中學了奇怪的知識。

「來，請用茶。」

將所有餐點都掃光後，左櫻為我斟了一杯熱茶。

冬日午後的陽光從樹縫中灑了下來，讓人昏昏欲睡。

平靜、安穩，什麼意外都沒有的日常。

「這或許就是我一直渴望的生活呢……」

「妳說什麼？奈唯亞。」

「沒什麼。」

太過鬆懈，讓我不由得說出了真心話。

「對了，奈唯亞，有一件事忘了跟妳說。」

「嗯？」

「白鳴鏡跟我告白了。」

「噗————！」

「奈唯亞妳怎麼了！怎麼突然把茶吐出來了！」

發生的事情太多，在醫院養傷的日子又過得太安逸，讓我完全忘了此事。

「別、別管這個了。」

著急的我連抹掉嘴邊茶水的餘裕都沒有，就這樣抓住左櫻的雙肩問道：

「妳是怎麼回答他的？」

——**若是你任務失敗，讓左櫻愛上除了海溫以外的人**——

我的心中浮現出左獨的威脅，就算沐浴在冬日的陽光中，但我依然冷得發抖。

過了彷彿永久的一瞬間後，滿臉羞紅的左櫻低下頭說道：

「我、我拒絕他了……」

「萬歲————！」

「咦？為何突然跳起來歡呼？」

「先不管這個，妳是用什麼理由拒絕他的？」

「我跟他說……我已經有了喜歡的人了。」

很好！果然如我所料！

我在左櫻看不到的地方做了一個小小的勝利手勢。

好險之前有設下海溫這道保險！

果然所有女人都吃浪漫攻勢這招！

接著只要想辦法讓她保持對海溫的愛情熱度，那「ＬＳ任務」就必定會成功。

「奈唯亞。」

「什麼事，左櫻大人。」

心情很好的我，露出了微笑。

「之後的日子……我想讓自己過得幸福。」

左櫻看著我送給她的手環，喃喃說道：

「不只如此，我還想證明擁有『魔法』的我，是可以帶給人幸福的。」

之前我說的話果然影響到她了。

不過這是好的發展，若是她幸福，那我就不用擔心她會落淚了。

看來「ＬＳ任務」的完成已勢在必行。

剩下要做的，只有一件事。

「對了，左櫻大人，妳喜歡的人是誰呢？」

接著要做的事，就是以閨密的身分對海溫大肆稱讚，努力讓左櫻的戀心燃燒得更加旺盛。

「不行，我不能說……」

「咦～別害羞了，左櫻大人快說。」

即使我不斷催促，滿臉羞紅的左櫻依然不斷搖著頭。

「讓我猜猜看～」

臉上帶著詭笑的我問道：

「是上次從火場將妳救出來的海溫先生嗎？」

「……不是。」

「——嗯？」

「我喜歡的人，並不是他。」

「那、那左櫻大人喜歡的人究竟是——？」

對著震驚無比的我，左櫻雙手互點，嬌羞無比地說道：

「我喜歡的人是誰……」

「唯獨不能跟奈唯亞說。」

她看了我一眼後，迅速地低下頭去。

臉上的潮紅變得更加紅了。

這個反應……

不會吧……

應該……不是我想的那樣吧？

「奈唯亞，妳知道我為何想證明『魔法』能帶給人幸福嗎？」

「為、為什麼呢？」

「我們是因『魔法』而開始這段關係的。」

左櫻輕輕握住了我的手，柔聲說道：

「所以我非得證明不可——」

「我身上的魔法，是能帶給妳幸福的力量。」

左櫻看著我的雙眸燃燒著熾熱的感情，就像是熱戀中的少女。

——**我會傾盡『左』家的力量，讓你在生物學的定義上無法為男性。**

不會吧——————！

我的運氣到底要差到什麼地步啊！

我雙手抱著頭，在心中發出了無聲的哀號！

後記

小鹿：「大家好，我是小鹿。」

海溫：「我是奈唯亞。」

左歌：「我是工作已經不堪負荷，哭著拜託不要讓我出席後記，但依然被抓過來的左歌。」

小鹿：「那麼，事不宜遲，就讓我們進入今天的正題——」

小鹿：「謝謝大家！我們下集後記再見！」

左歌：「結束得也太突然了！哪有人一開始的正題就是跟讀者道別！」

小鹿：「坦白說，我特裝版後記寫太多字了，這邊一個字都不想寫。」

海溫：「沒錢買特裝版的讀者就該死啊，沒錢還想有看後記的權利啊。」

左歌：「對不起！各位讀者對不起！後記中充滿敗類的對話，真是讓人感到萬分抱歉。」

小鹿：「說得好像我們使盡心力，想要拐騙讀者買特裝版似的。」

左歌：「難道不是嗎？」

小鹿：「我怎麼可能會這麼做呢，要是特裝版後記真的很受歡迎，我之後每集不都要寫上上萬字後記了嗎？」

左歌：「有道理……」

小鹿：「所以，為了不造成這種後果，我只不過簡單的在特裝版後記中——」

小鹿：「寫了之後大樂透的中獎號碼而已。」

左歌：「妳根本就是想要人家買妳的特裝版嘛！連這種爛謊都不惜說出來！」

海溫：「放心吧，要是真的沒中獎，就把錯推給出版社和印刷廠，說是他們作業和印刷的失誤。」

左歌：「你那卑劣的發言控制一下！」

小鹿：「其實也不用做到那種程度，我雖說會中獎，但沒說是哪一期啊，一百年後的大樂透也是有可能的。」

左歌：「兩個人渣對話起來真是驚人，那情景真是悽慘得令人不忍卒睹。」

小鹿：「自從看了特裝版後記後，我考試都考一百分。」

海溫：「我看了也變得更美了，不僅身高變高，就連自信心都回來了。」

左歌：「終於連不實廣告這招也用上了。」

小鹿：「下一集預計八月出版。」

海溫：「預計會在後記中寫上責編的生辰八字。」
左歌：「為什麼！」
小鹿：「至於第二集的首刷贈品，則是豪華的——稻草和鐵釘。」
左歌：「你們到底想對責編做什麼！」
小鹿：「究竟責編能不能撐到下一集出版呢。」
海溫、小鹿：「敬請期待下回分曉~~~」

國家圖書館出版品預行編目資料

天啊！這女高中生裙子底下有槍啊！/ 小鹿作. -- 1版. -- [臺北市]：尖端出版：家庭傳媒城邦分公司發行, 2020. 05-

面；　公分

ISBN 978-957-10-8892-1 (第1冊：平裝)

863.57　　109003451

浮文字

天啊！這女高中生裙子底下有槍啊！(01)

著　　者／小鹿
發 行 人／黃鎮隆
經　　理／洪琇菁
執行編輯／楊國治
國際版權／黃令歡
企劃宣傳／邱小祐、劉宜蓉
封面插畫／佩喵
總 經 理／陳君平
總 編 輯／呂尚燁
美術編輯／方品舒
文字校對／施亞蒨
內文排版／謝青秀

出　　版／城邦文化事業股份有限公司 尖端出版
台北市中山區民生東路二段一四一號十樓
電話：（〇二）二五〇〇—七六〇〇
傳真：（〇二）二五〇〇—二六八三
E-mail：7novels@mail2.spp.com.tw

發　　行／英屬蓋曼群島商家庭傳媒股份有限公司城邦分公司 尖端出版
台北市中山區民生東路二段一四一號十樓
電話：（〇二）二五〇〇—七六〇〇（代表號）
傳真：（〇二）二五〇〇—一九七九

中彰投以北經銷／楨彥有限公司（含宜花東）
電話：（〇二）八九一九—三三六九
傳真：（〇二）八九一四—五五二四

雲嘉經銷／智豐圖書有限公司 嘉義公司
電話：（〇五）二三三—三八五二
傳真：（〇五）二三三—三八六三
客服專線：〇八〇〇—〇二八—〇二八

南部經銷／智豐圖書有限公司 高雄公司
電話：（〇七）三七三—〇〇七九
傳真：（〇七）三七三—〇〇八七

一代匯集／香港九龍旺角塘尾道六十四號龍駒企業大廈十樓B&D室
電話：（八五二）二七八三—八一〇二
傳真：（八五二）二五八二—一五二九
E-mail：hkcite@biznetvigator.com

新馬經銷／城邦（馬新）出版集團Cite（M）Sdn. Bhd.
E-mail：cite@cite.com.my

法律顧問／王子文律師　元禾法律事務所
台北市羅斯福路三段三十七號十五樓

二〇二〇年五月一版一刷
二〇二一年五月一版三刷

■中文版■